鶴見俊輔

夢野久作と埴谷雄高

深夜叢書社

夢野久作と埴谷雄高／目次

I　夢野久作の世界

II　埴谷雄高の世界

装画

ヒエロニムス・ボス

「乾草車」

＜右翼パネルより＞

Museo del Prado, Madrid
Bridgeman Art Library, London/New York

装幀

高林昭太

I　夢野久作の世界

ドグラ・マグラの世界

このドグラ・マグラという言葉は、維新前後までは切支丹伴天連《キリシタンバテレン》の使う幻魔術のことを云った長崎地方の方言だそうでただいまでは単に手品とか、トリックとか云う意味にしか使われていない一種の廃語同様の言葉だそうです。語源、系統なんぞは、まだ判明いたしませぬが、しいて訳しますれば今の幻魔術もしくは、「堂廻目眩《どうめぐりめぐらみ》」「戸惑面喰《とまどいめんくらい》」という字をあてて、おなじように「ドグラ・マグラ」と読ませてもよろしいというお話ですが……一種の脳髄の地獄……

——夢野久作『ドグラ・マグラ』

一　世界小説の誕生

世界に世界意識が生れたのは、いつからか。かっきりとくぎって判定することはできない。世界的規模で影響をもつ事件の一つ一つと見あって、世界意識がより明白に育ってきたともいえる。ローマ帝国の出現は、ヨーロッパにとって世界意識をつくったであろうが、当時の日本人はそれを知らなかった。マジェランの世界一周は、世界意識形成のための交通上の条件をつくったが、それは地球をめぐる一条の線であり、その線からはずれたアフリカ奥地、南米の山中では、この航海の影響をすぐさまこうむることはなかった。だが、二十世紀に入ると、世界はかなりにつまってきている。第一次世界大戦、ロシア革命、一九二九年のアメリカ大恐慌は、アフリカにも、中国にも、日本にも影響をあたえた。

日本に世界意識が生れたのも、このころと考えてよい。種子ヶ島に鉄砲渡来、ペルリが来て幕府が開国する、などは、日本の世界意識の前史にぞくする。日本の世界意識は、大正時代の産物である。

昭和に入ってから、日本は世界意識の存在証明として、幾つかの世界小説をもつようになる。横光利一の『旅愁』は、明治はじめの東海散士の『佳人の奇遇』や、森鷗外の『舞姫』にくらべてより著しく世界意識を表現した作品とはいえないが、戦後の野上弥生子『迷路』、埴谷雄高『死霊』、堀田善衛『審判』、武田泰淳『森と湖のまつり』、木下順二『オットーと呼ばれる日本人』を見ると、独自の世界小説の系列が日本に育っていることがわかる。日本は、みずからの世界意識を表現することをとおして、世界の世界意識をつくりかえようとするところまで来た。

こうした系列の作品のはじまりの一つが、大正から昭和はじめにかけて書かれた夢野久作の一連の小説である。世界意識というと「白樺」が考えられるけれども、ここにはトルストイ（武者小路）、ホイットマン（有島）やショーペンハウェル（長与）の世界思想の受容の上につくられた世界意識が底にあって、同時代の世界的事件である第一次世界大戦、ロシア革命を日本人の視角でうけとめ、評価するところからうまれた世界意識はない。他にもおそらくすぐれた作品があるとは思うが、これまで日本の世界意識の代表的作品と考えられてきた「白樺」の諸作品よりも、夢野久作の作品の中に、現代の日本の世界小説の系列の先例を見ることができると思う。

大正時代のもっとも決定的な世界的事件は、第一次大戦とロシア革命であり、これら両者と日本とをむすびつける事件が、日本のシベリア出兵だった。今日の日本の代表的な世界小説作家堀田善衛によれば、現代の日本を現代以前から区切るものはシベリア出兵だそうだ。現代日本とは世界意識をもつ日本だと考えてよいだろう。このシベリア出兵について、黒島伝治とともに、すぐれた小説を書いたのが夢野久作だった。この小説『氷の涯』についてはあとでふれる。

夢野久作には、第一次世界大戦のことを書いた『戦場』という反戦小説がある。しかし、第一次大戦の影は、大戦実録とはほとんど関係のない探偵小説『ドグラ・マグラ』に、より深い影をおとしている。脳髄の地獄を書いた小説、世界は狂人の解放治療場だという説を展開したこの小説は、第一次世界大戦を背景にしなくては、生れなかっただろう。

『ドグラ・マグラ』は、自分をさがす探偵小説である。主人公は、狂人で、自分の名前を知らず、自分が誰であるかを知らない。

大正十五年（一九二六年）十一月二十日、主人公は、時計の音で眼がさめる。それは、九州・福岡市の九大病院精神科の一室だった。

「……どうぞ……どうぞ教えてください。僕は……僕の名前はなんというのですか」

看護婦は、教えてくれない。病室には、名札が、かかっていない。やがて巨大な法医学教授がやって来て、主人公に暗示をかけ、彼みずからの力で、自分が誰であるかを思いださせようとする。それが、病気の治療法だというのだ。

医者の暗示をうけ、それにこたえているうちに、主人公は、知らず知らず、自分がおとしあなにおちてゆくように感じる。自分は自分が誰であるかを知らないままに、すでにおこってしまった何かの社会的犯罪にまきこまれてゆきそうだ。その犯人に仕立てあげられてゆくのではないか。彼は、がんきょうに、ところどころでたちどまり、自分が自分にとって未知の犯罪の責任者であることを自認しないようにつとめる。しかし、その犯罪は、自分が生れるよりも前から、現在より二十年も前から、誰かの精密な頭脳によって計算され、その計算の結果、自分が犯人になるようにわりだされているらしい。自分は、自分の知らないまま、すでに犯罪をおかしているのか?

主人公のおかれた状況は、コミュニケーションの網目の発達した二十世紀で各個人が社会にしっかりととらえられている状況そのままである。国家の支配するコミュニケーションの網目にとらえられて、しらずしらずのうちに、自分の見知らぬもう一人の人間を殺すべく自分の生れる前から数十年にわたって準備されている自分。殺人の罪を犯してしまってしかもそれに気がつかないでいる自分。独占資本主義の搾取の網目にしっかりととらえられて、自分の知らぬうちに、自分の見知らぬ人々を破局におとしいれている自分。しかも、いつまた黒幕中の犯罪設計者の手によって、自分が下手人としてつきだされ、自分のあずかり知ることさえなかった犯罪について処罰されなければならないかもしれないのだ。

『ドグラ・マグラ』の主人公ポカン君は、三つの犯罪について責任をとわれている。

1　自分の生みの母を殺した。大正十三年三月二日。

2　自分の嫁（いとこにあたる）を絞殺した。大正十五年四月二十六日。

3　自分と同じ病院に入っている患者にむかってクワをふりあげ、四名を殺し、一名を傷つけた。大正十五年十月十九日。

これらの犯罪をおこなったといわれるのは呉一郎（明治四十年生、現在十九歳）である。主人公ポカン君は、自分が呉一郎であるということを思い出すように法医学教授から暗示をかけられている。そこにもう一人、精神医学の教授があらわれ、かわって質問をつづける。どうやら両教授の学説はくいちがっており、暗示のかけ方の方向も、くいちがっている。

精神医学教授正木敬之と法医学教授若林鏡太郎は、大学生のころ、裁縫塾にかよう一人の女生徒を見そめた。はじめは若林が勝を制してその女生徒と半年くらし、後には正木が勝を制してその女生徒と半年くらした。一年後に男の子が生れた時、その子は、どちらの子か両博士には分らなかった。母親は黙して語らぬ。

そこから法医学・精神医学の両教授の競争がはじまる。法医学の若林は九大にのこる。精神医学の正木はゆくえをくらまし、アホダラ経をうたって日本全国を旅する。ここで長い長いアホダラ経が小説にさしこまれる。それは、今日の精神病院が精神病の治療にまったく不適当であり、患者をとじこめ、ナブリゴロシにする現代の生地獄であることをうたう叙事詩である。そして最後に、このアホダラ経をきいたかたは、今までとはまったくちがう精神病院設立のために、寄附を、九大病院精神科あてにしてほしいとのべて、きわめて事務的にしめくくる。

正木は全国をながしてあるくあいだに、各地のおばけの伝説、お寺の由来記などを研究する。それらは、正木が、卒業論文として書いた「胎児の夢」を実証するものである。ここで、今度は、アホダラ経の次に、学術論文「胎児の夢」の要約（論文そのものは焼きすてられたという）が、この小説の中につっこまれる。小説の形式も何もめちゃくちゃで、細部がふつりあいにふくれあがり、精神病患者の手記にふさわしい一種の荒廃した空気がかもされる。

論文「胎児の夢」は、「脳髄はものを考えるところにあらず」という説を軸として展開する。脳が物を考えるという説は、古代以来の迷信である。だから、「頭の中に考えがある」というような言葉づかいで、われわれは物を考える。しかし、考えが頭の中にあるわけではないのだ。脳のはたらきは、電話局のはたらきに似ている。体中の各部分からつたわってくる電信をとらえて調整しているのだ。考えているといえば、むしろ体のそれぞれの細胞が考えているのだ。体の細胞のそれぞれのもつ考えの芽、その可能性は、脳の調整と妥協をとおして実現された思想よりもはるかに大きい。

生命はそのはじまり以来何かを考えつづけてきた。体の各細胞に思想のあるごとく、原初生命さえも、思想をもつ。それが遺伝をとおして、その子孫につたわってゆく。母親の体内で誕生する新しい生命は、母親の体の中でみずからの形が原始的生命から進化して人間へとかわってゆくさなかで、生命全体の記憶をもう一度いきる。この胎児の夢を、再構成し推理したものが、正木の卒業論文だった。

しかし、この学説は実証しにくい。学問のためには手段をえらばぬこの精神学者は、みずからの卒業論文を実証するために、一つの犯罪を計画する。彼は、裁縫塾の女生徒呉千世子の家系を、その歴代の墓のあるお寺までいってしらべた上で、その遺伝の中のもっともあやうい部分を測定する。呉千世子のやどした胎児は、みずからの過去を夢みて育ってゆくその頃から、彼じしんの（おそらくは）父である人の手で、未来の犯罪を設計されている。

呉家は中国からの帰化人で、唐朝の遺民である。唐の玄宗皇帝の放蕩をいさめようとして、六体の美女のくさった死体の絵を描くうちに発狂して幽鬼となった者を先祖にもつ。この伝説が彼の子孫にかたりつたえられて、くりかえし発狂させる原因をつくる。その後、呉家は日本にうつり、財産をつくるが、きちがいすじとうわさされて、まわりの日本人からはうちとけてつきあってもらえない。そこで呉千世子は、結婚するチャンスを求めて、実家を出て、九大に近い裁縫塾にこっそりかよっていたというわけだ。

医学生は、呉千世子の秘密を知り、その腹の子が成人になるころに、ただ外側から暗示をあたえて彼の遺伝を触発して発狂させ、母ごろし、嫁殺し、患者仲間殺しの犯罪をおこさせる計画をたてる。二十年後に一連の犯罪として結実するこの計画こそ、彼の精神医学説の正当性を実証するものであり、（おそらくは）彼の子である呉一郎を罪におとすことにより、世界の精神病患者を究極的に救う、新しい原理を世界に知らせることになると、彼は考える。

その新しい精神医学の原理とは、狂人の解放治療である。精神病患者を、各部屋にとじこめずに、院内を自由に動きまわらせながら、関心をもつことを自由にやらせる。そして各自が何に関心をもつかを見きわめて、その患者が自分の無意識の記憶の中の何に苦しめられているかを見つけて、治療するという方法である。

この治療法は、この物語の主人公——自分の名前を忘れたポカン君にも適用される。ポカン君は、いろいろなものを見せられる。呉一郎の家系由来記。呉一郎の犯罪調書。呉一郎の犯罪の新聞記事。呉一郎の犯罪についてときあかした正木博士の遺書。そうすると、正木博士はすでに一ヵ月も前に自殺したということになるが、さっきからポカン君に話していたのは誰だったのだろう？

この病院に入院していたいろいろの患者ののこした作品が陳列してある。その中には、「ドグラ・マグラ」と題する手記もある。ブウウ——ンンン——ンンンという時計の音ではじまって、同じ時計の音で終る手記だ。すると、今のこの小説と同じことになるか？

ポカン君は自分が誰であるか、推理に推理をかさねたが、依然としてよくわからない。そのうちに、運命の時計がなりはじめる。ブウウ——ンンン——ンンン。そしてこの小説は終る。

ここでは時間が破壊されている。破壊された時間が、勝手におたがいの前後におかれているので、Aという時間のわくの中でおこったBという時間が、Aという時間をまたふくむことになってしまう。はじまりがおわりとなり、おわりがはじまりになるという規則正しくじゅんかんする時間でもない。時間が破壊されてそのどまんなかに同一の時間がくいこみ、こうして時間にたいする復讐が、とげられる。時間の不可逆性にたいする犯罪というか。時間にしばられてわずらわしさにたえかねた精神病者が、この手記を書くことで、一挙に時間からの離脱を試みたと考えてよい。狂人の書いた推理小説という状況の設定が、この時間の破壊された世界の構築に見事に役だっている。

二　民族主義と無政府主義のともにうまれる場所

『ドグラ・マグラ』が、世界の推理小説の歴史のなかで、どのような位置をしめるかは、改めて問われてよい。推理小説の始祖ポーの書いた「ユリイカ」に、この作品はよく似ている。夢野と同時代に生きた第一次大戦後の表現主義の作家カフカの『審判』や『城』や『変身』にもよく似ている。第二次大戦後の実存主義の作家サルトルや、カミュの用いた死人の眼から人生を見る方法ともよく似た方法をとっている。いきぬきとしての推理小説には、コナン・ドイル以来、多くの作品がある。たとえばコナン・ドイル作品中の白眉といわれる『バスカヴィル家の犬』を読んでみると、それは、私有財産を盗人から守るという目的だけのために探偵の知力がささげつくされており、この作品をささえる哲学の単純さにびっくりしてしまう。犯罪のトリックを新しく一つ二つ工夫したとしても、ただその故に推理小説の名作として、この種の作品を数うべきであろうか？　そうとすれば、推理小説は、思想の容器として貧しいものに過ぎない。ポーにはじまりチェスタトン、カフカ、ケネス・フィアリング、松本清張にいたる推理小説の流れは、思想の容器としての推理小説にもっと大きな期待をもってよいことを示すものではないか？　思想の容器としての推理小説の系列の中で、夢野久作の『ドグラ・マグラ』は、独自の位置をしめている。『ドグラ・マグラ』は、日本の推理小説の系列の中で、一つの位置を占めるだけではない。日本の思想史の上でも、他の著作によっておきかえることのできない重要な位置を占めている。日本の右翼思想の思想方法上の特色を、集約的に表現しているからだ。

夢野久作は、本名を杉山泰道という。父は杉山茂丸。一八九四年（明治二十七年）、当時五歳の長男泰道に家督をゆずって隠居して以来、親類縁者の係累にわずらわされず、官職とも縁なくひとりの浪人として、日本の内外を歩いた政治家である。当時は、責任のある役職についている人たちが、自分で非公式に国内・国外の反対派の責任者をおとずれて、その真意をただすことができにくかった。丸腰捨身の浪人が反対あるいは独立の諸勢力の間をぬって匿名の組織者として力を果しうる条件にあった。そのためには彼らは対立する諸勢力の代表者にそれぞれにとっての死命を制する秘密情報を外部にもらさないという、人間的な信頼をうけていなければならず、またみずからは地位をも名誉をも富をも得ないという決意について双方から共通の理解をもたれなければならなかった。杉山茂丸は、別名ホラ丸とよばれたほど、話が大きく、明治の政治家たちは彼と話をしていると、しぜんに未来が明るく見えてくるので、このためにも彼を愛していた。しかし、ホラ話のかげにかくれて秘密はかたく守ることが、彼が深く信頼された根拠だった。杉山は、福岡の生れで、頭山満と親しく、玄洋社と深いつきあいをもった。この父の影響をうけて夢野久作の作品には、初期の玄洋社同人、明治の右翼の浪人が、しばしば顔を出す。それは昭和時代に入ってからあらわれるかたくなな国粋主義者・国権論者ではなく、自由民権の拡大とアジア解放とを求めるインターナショナルな視野をもつ民族主義者であり、国粋主義・国権主義への転向前の民族主義者である。

このような右翼浪人の姿は、『犬神博士』と、『氷の涯』とにとくにあざやかである。

『犬神博士』は、乞食芸人の夫婦にそだてられた五、六歳の少年が、玄洋社の社長にくっついて、巡査とやくざのあらそう修羅場をこえて、知事に会いにゆき、筑豊炭田の利権が三井・三菱の独占資本にとられるのをふせごうとする物語である。玄洋社社長楢山は福岡県知事にむかっていう。「ホンナ事い国家の為をば思うて、手弁当の生命がけで働きよるたあ、吾々福岡県人バッカリばい」

このせりふの中にある地方民中心主義は、国家主義、独占資本主義、中央集権主義、官僚主義にたいして、浪人民族主義者のよってたつ柱だった。

『氷の涯』は、第一次世界大戦とロシア革命の波にまきこまれた日本の一兵卒の物語である。主人公・上村一等兵は満洲・ハルピンの日本軍司令部につとめ、混乱にまぎれて私財をこやす将校と御用商人たちの計画にまきこまれる。公金もちにげの罪は、一番位の下の彼にかかってくる。彼は、赤軍と連絡をとっていたかどで処刑される白系露人の娘とともに、白軍占領下のシベリアをさすらうが、軍の公金をもちにげした赤いスパイの名は一つの伝説となって流布し、のがれることはできない。彼は、公金の横領がどのように軍隊を利用しておこなわれたかを遺書にかきのこし、白系露人の娘ニーナと二人で、氷結したシベリアの海をウイスキーをのみながらそりにのって沖にむかって走ってゆく。

主人公の兵卒の党派にとらわれない正義感が、やがて彼をシベリアに出兵した日本軍の中に住み得ないものとしてゆく物語は、戦前の推理小説としてめずらしい。ロシアを描いた推理小説としても、もっと有名なものに木々高太郎の『人生の阿呆』があるが、高度の国際的知識が駆使されていながら、その結論は明治様からもらった勲章と位記を胸にひめて、中将未亡人が共産党員をうちころすということで終っている。ロシアに留学した医学博士である木々高太郎の推理小説が、やや単純な国家主義の思想の容器であり、右翼的な作家夢野久作の書いた推理小説が、もっと本質的な意味でインターナショナルな感じ方を実現しているのは興味がある。

一九三五年(昭和十年)に杉山茂丸が死に、その葬儀をすまして一九三六年に夢野久作が死んだ。日中戦争から日米戦争にかけての軍国主義全盛の時代をかれらは知らない。戦後の今日ふりかえってみて、杉山茂丸からも夢野久作からも、まなび得る何かがあるような気がしてならない。

それが、戦後の民主化ならびにその後の独占化のいずれの時代にも、盲点になってきたもののようだ。

『犬神博士』『氷の涯』『ドグラ・マグラ』の三つの推理小説について、そこにとらえられた一種の民族主義の考え方をぬきだしてみる。

(1) 徹底的唯名論（ラジカル・ノミナリズム）。夢野久作の推理小説は、五、六歳の少年（『犬神博士』）、国籍離脱者（『氷の涯』）、狂人（『ドグラ・マグラ』）による犯罪の謎ときの過程をえがく。社会から規定されている自分の状態からぬけだす人の立場、社会から、まだ自分を規定されていない者の立場が推理の軸になっている。名前は社会からあたえられる。しかし、それは便宜的なものだ。名前をまだつけられていない状態の自分から、つねにあらたに考えてゆかねばならない。

自分をつねに虚においてみる。名前のつく前の自分の部分から考える。ということは、他人にたいしても、名前によって規定されていない部分にむかってうったえるという方法なのだ。これは一種の政治の方法であり、組織の方法でもある。

国家の規定する自分、会社、学校、家の規定する自分よりも深くに、おりてゆくと、祖先以来の民族文化によってつくられた自分があり、さらにその底に動物としての自分、生命、名前なき存在としての自分がある。そこまでおりていって、自分を現代社会の流行とは別の仕方で再構成し、新しく世界結合の方法をさがす。そこには、民族主義をとおしてのインターナショナリズムの道がある。民族のたましいの底のさらに名もない部分。大陸浪人の考え方の底にあったのは、このような徹底的唯名論である。

(2) 脳の拡大。脳は電話局であり、そこでものを考える場所ではないという説は、思想の道具を頭の外にひろく求める方向にみちびく。栃錦は、カカトに眼があるようだと相撲の世界で評された。日本の伝統的な技能の世界では、体の各部分に独立したかんがあるようにという哲学で、人をきたえた。臍の中に心をおく、丹田に心をおくという右翼人の考え方の基礎づけを『ドグラ・マグラ』の正木博士が、卒業論文でおこなっているのは面白い。考える道具が、脳だけでなく、内臓に、手足に、さらに手足の使いこなす飛行機やタイプライターへと拡大してゆく。それはさらに、考える道具としての人間の社会組織(理論的にいえば、人間をこえた宇宙の組織)へと発展してゆく。

『ドグラ・マグラ』の正木説によれば、それぞれの細胞が考える。そうなると、ひとりの人間の思想とは、一個一個の細胞の考えの交錯と調整の産物である。さらに正木説は、各個の細胞の考える力を信じ、それを復権させよと説く。この考え方は、そのまま、組織論に転化しうる。正木流のモナドロジー(単子論)は、認識論としての徹底的体感主義を生むだけでなく、組織論の上での自由連合主義を生みだす。まえに『犬神博士』からぬきがきした初期玄洋社の政治観は、このようなアナキスティックな組織論をふくんでいた。頭だけで考えるのではなく、指も、毛髪も考えるという認識論は、中央の官僚だけでなく、地方末端のどの一人といえども、自分の独立した考えをもつという政治観とむすびつく。明治維新にさいして、また昭和はじめのファシズムへの傾斜に、大きな役割を果した草莽《そうもう》という理念は、このような意味をになわされている。ここでわれわれは頭山満・杉山茂丸をうみ、宮崎民蔵・滔天兄弟をもうんだ、一つの思想の流れにゆきあたる。それは、民族主義と大陸浪人的な国際主義をともにうみ出す母体であり、民族主義と無政府主義とのともに生れる場所なのだ。それは、一方ではかつて明治維新をつくりだす原動力となったことでこの国家づくりの実績にたいする自負と国家主義へのつよい傾斜をもち、また他方では朝鮮・中国と境を接し、血液上でもつながりをもち、天草・沖縄をとおして東南アジアへと人間的交流の通路をもつ九州独特の民族主義をとおして実現するインターナショナリズムである。

(3) 二つの学問の型。『ドグラ・マグラ』の法医学教授若林博士は精神科学応用の犯罪を設計し、患者の無名氏ポカン君をその道具として使おうとする。人文科学のあらゆる知恵を動員して犯罪をおかしたらどうなるかが彼の研究の主題だ。これは、ナチズムの時代の科学者の学問観に似ており、原水爆時代に原爆保有国に生れた今日の科学者の学問観にも一脈通じる。これにたいして、精神医学教授正木博士は、犯罪をつくりだすことをとおして自分の精神科学説を一挙に証明しようとする。これは、自分の生活を破局におとしいれて自分の学説を証明しようとする破滅型・実存主義的な学問論であり、太宰治を連想させる。またブルジョア支配下の法を破り犯罪をおかして学説を証明しようとする革命主義的な学問論であり、全学連の理論家たちを連想させる。

狂人の解放治療場で殺しあいの惨劇を実現し、その惨劇によって自分の学説は実証されたとうそぶく正木博士のわりきった考え方はきわめて戦後派的でさえある。犠牲としてえらまれるのが、自分の子（らしき男）であるという点では、歌舞伎劇寺子屋の象徴の生きかえりともいえる。しかし、自分の子を犠牲にした正木博士は、そのあとで狂人服で自分を緊縛して、投身自殺するのである。

この小説ではまた、研究室内の人間的かっとうが迫真力をもってえがかれている。研究室内で人間的あつれきがおこる時には、日本の大学制度がもともと大学間の交流をたつことによって成立しているので、密室殺人に似た現象がしばしばおこる。学者はこの小説の中に自画像を見ることができる。私が、学問論としてこの小説にひかれたのは、卒業後に大学をとびだして、アホダラ経をうたって歩く、正木博士の学風である。彼は行商で研究のヒントを得て、大学にのこっている主任教授にむけて資料の送附を続けている。アカデミックな学風が、別の学風によって、つくりかえられ、こやされるという展望が、この本にとらえられているような気がして、たのしかった。

（「思想の科学」一九六二年十月号）

夢野一族の頌

杉山家の伝記を書きたいと思った。四十年前のことである。そのうちに三代目の杉山龍丸氏と会って、彼とのつきあいが、この計画をかえた。金もうけ第一の旗に一致団結している日本にこんな人がいるのかとおどろかせる人だった。杉山茂丸――杉山泰道（夢野久作）――杉山龍丸――杉山満丸、これが嫡男の系統である。そのはじめにいる杉山茂丸のことが、しらべるほどに、書きにくくなった。一九六〇年代のはじめに、京都の「家の会」（今もつづいている）というところで、「杉山家二代」（茂丸と泰道）という口頭の報告をしたことに終わってしまった。この間に杉山龍丸氏としたしくなり、その母堂、夫人、お子さんたちと会うようになってからさらに筆が重くなり、一九八九年にうすい一冊の本を書きあげたときは、杉山泰道（夢野久作）についてだけになってしまった。

今年（一九九七年）の五月に出た多田茂治『夢野一族』（三一書房）は、私が実現できなかった夢を、見事に果した大作であり、杉山家二代ばかりか、三代、いや四代を百五十年の日本社会の変動とのからみをとおしてえがいている。

著者多田茂治がはじめて会った夢野一族は、杉山参緑《さんろく》だった。

「参緑さんは細長い顔に実に邪気のない笑顔をうかべてペコリと頭を下げた」

杉山参緑は生涯はたらかず、長兄（龍丸）と母から援助をうけて詩を書きつづけた。その詩には私をひきつけるものはない。しかし、死後自宅にのこされていた数点の絵（遺文集『種播く人々』にかかげられている）には、私をつよくひきよせるものがあった。彼は三つのことを誇りとして、次兄三苫鐵児《みとまてつじ》にかたったという、ひとつは兄弟の中で自分ひとりが父とおなじく文学をつづけてきたこと。もうひとつはバプテスト教会で受洗してキリスト教徒であること。三つ目は福岡ユネスコの会員であること。

彼は人に語ることはすくなかった。しかし私が初期に書いた小さい夢野久作論を読んで長兄にしらせ、長兄が私に手紙を書くきっかけをつくったのは、彼参緑である。劇で言えば、ふと幕の前に出てきてひとこと何か言って去る、そういう人だった。杉山満丸は、彼についてこう言ったそうだ。

「参緑おいちゃんは、おいちゃんなりに立派な生き方をしたと思います」

世間の評判など何ほどのものであろう。これは夢野一族らしい評価である。父（夢野久作）にゆずられた福岡市内の三万一千坪の土地をインド緑化にささげてなくした父について、その満丸はこう語った。

「父は、最も愛すべき男であり、最も憎むべき男でした」

それは、父・杉山三郎平に対する杉山茂丸、杉山茂丸に対する杉山泰道（夢野久作）、（杉山泰道——杉山龍丸、三苫鐵児、杉山参緑の関係はちがうのだが）ふたたび杉山龍丸に対する杉山満丸の接続の仕方に共通する。そのありようをしっかりとえがききっているところが、多田茂治の伝記の魅力である。

杉山茂丸の死後、その財産整理と女性関係の交渉にあたったあとに、杉山泰道が妻にあてて書いた手紙は、彼の生涯をつらぬく考えかたをよく示している。

「俺もお前も父親の得手勝手より子孫にうき目を見せる実例を骨に沁む程知りたり。俺は二度とコンナ目に妻子を会はせやうとは思はず。人々は俺達夫婦を結構なものと云ふ。何をぬかすと云へば云へるやうなものの、色々な心に悩まされて居る人々から見れば、何事もなく落付き居る俺たち夫婦は羨しき限りなるべし」

（『隣人記』一九九八年九月十五日）

「怪奇小説」と三代の意図

手もとにその本があったというだけのために、読みはじめて、その中にひきこまれるということがある。

夢野久作著『犬神博士』は、そういう本だった。

自分で追いかけていって読んだ本ではなく、家にあったから手にとって読むめぐりあわせになった。

なぜ、その本が家にあったのかというと、私の父あてにおくられてきたものだろうとは思うが、こういう怪奇小説のたぐいを、父は一切読まなかった。

その本がおくられてきたのは、おそらくは、著者夢野久作の父である杉山茂丸と、私の父が会ったことがあるという、文学の外の人間のつながりからだろう。私の父は、自分の生涯で会った座談の名手として、まず杉山茂丸に指を屈すると書いている。

杉山茂丸が政界の黒幕として活躍した人物であるということはあとで知った。そういう知識なしで、この小説に入りこんだ私にとって『犬神博士』はただもうおもしろかった。私が十三、四歳のころのことで、その後も、そのおもしろさの印象は消えることがなかった。

おもしろい映画を見たり、おもしろい小説を読んだりしたあとは、そのことについてひとと話をしたいものだ。だが私はその後米国に行ったし、日本にもどってきてからも、『犬神博士』について話しあえる人とめぐりあえたためしはなかった。しまいに、あの本を読んだことそのものが、自分の思いちがいだったと思えるくらいだった。

ところが、戦後も十七年たった一九六二年に、私は推理小説研究家の中島河太郎氏をたずねて、このおなじ本を貸してもらうことができた。やはり、この本はあった。そこには幻術使いにまがうタオルの投げ方をした子どもが出てきたし、その子どもをさらって大道芸をしこんで旅をして歩く夫婦がでてきて、浮浪者の子どもの目から福岡県の政治を描くという途方もない巻物がくりひろげられる。

前に読んだ時と同じように、この本は私におもしろかった。前とちがうことは、その間に、作者の夢野久作とその父親の杉山茂丸について、いくらかの知識をもつようになっていたことで、この人たちのことをさらに知りたいと思った。

夢野久作の子息が、九州にいるということをきいたし、復員軍人であるとか、神社の神主であるとかいう話もきいた。

やがて私が夢野久作についての短い文章を書いたことがいとぐちとなって、久作の長男杉山龍丸氏から手紙をもらった。その弟たちに、神官となっている人、教師になっている人があることもあとできいたので、うわさはまちがっていたわけではない。杉山龍丸氏は、戦後はインドのガンジー塾の人びとを日本によびよせて交流する運動を私財をさいてつづけてきた。さらにインドに行って、砂漠緑化の方法をたしかめ、それをひろめてゆく仕事をしている。もとは技術系の職業軍人であったこの人が、戦後このような仕事にうちこむのは、杉山茂丸、杉山泰道（夢野久作）の理想からかけはなれたことではない。アジアとの連帯を、軍事的あるいは経済的侵略からきりはなされた方法で実現することが、先代、先々代から龍丸氏につたわる夢であり、敗戦をへて龍丸氏がその本来の意図に打ちこむようになったと言える。

経済大国となった日本が、米国の古い兵器を買って、その歓心を買うことに心をうばわれず、アジア・アフリカの人びとにとって役に立つ仕事に国家予算の大きな部分をさくならば、軍備などよりも実質的に世界の民衆を助けているのだから、名目の上で米国におしまけることもないだろう。杉山氏の努力の方向は、日本の国全体の今後の方向転換に示唆をあたえる。

（「毎日新聞」一九八一年二月十日）

夢野久作を語る

なぜ夢野久作が福岡で読まれないのか、おそらく二つ理由があるでしょうね。

一つは、夢野久作が持っている魅力が福岡の語り口という伝統に根を持っていることです。ですから関東人にとってはたいへん珍しいものなんです。福岡の読者はいつも聞いているものだから珍しくも何ともないのでしょう。だがこの土地で研究が起こるとすれば、これから、なぜ夢野久作の文体が生れたかということで、そういう理解がまだないんですね。

ひとつはでろれん祭文とか浪花節とか、そういうものとも係りますし、またもう一つはこの福岡の地元で発達した侍の謡なんですね。夢野久作は喜多六平太の所にいて喜多実と同門で練習しているし、喜多流の師範だったのですね。自分が福岡で習った先生・梅津只圓の伝記を書いていましてね、それは素晴らしいものなんですよ。ですから夢野久作の文学が、その文体と区切りのつけ方が、どのように福岡のさまざまの見世物と結び付いているのか、語りと結び付いているのか、また謡（謡曲）と結び付いているのか、というのはこれからの研究課題です。

謡曲というものは、国境を越えて異様に広く影響を持っているのです。もう九十年も前にフェノロサという人がいて、日本で暮らして日本美術を大切にするようにということを、東大の講師として教えた人なんですが、フェノロサの遺稿の中に謡曲なんかがあって、フェノロサの死後、夫人がそれを託したのがエズラ・パウンドという若い人だったのです。

パウンドは一生懸命解読して、それをイェイツに見せるんです。イェイツはたいへん想像力をかきたてられて、「鷹の井戸」という能を自分で書くんです。

イェイツは日本に来たことないし、能なんて見たことないんですよ。なのに自分で書くんです。能の形式で。そこに偶然、日本から留学生がやってきて、姿のいい二十歳そこそこの人だったんですね。彼はモダンダンスの勉強に来たんだけれども、イェイツの書いた能をやってみないかという乞いを受けて、アイルランドで実演する。ですから、アイルランド人のイェイツの書いた能を、能役者でもなんでもない二十歳そこそこの日本人、これは伊藤道郎です。それがやるという不思議なことが起こったんですね。

伊藤道郎は、その後アメリカに行って、たいへん姿のいい人だったので、舞台に立っているだけで非常なアピールを持ったのですね。十四、五歳の少女で彼に熱狂した人がいて、彼を追いかけ回して、日本人はみんないいような感じを持ったのだそうで、それはウルデーインという女性なんですが、後でメキシコに来た佐野碩の夫人になります。それほどの影響を伊藤道郎は持ったのですね。

今、能はヨーロッパでもアメリカでも、さまざまな所で見られるんですね。能を実際に見たことのないブレヒトは、これも日本に来たことのないアーサー・ウェイリーの英訳を頼りにして「タニコウ（谷行）」という自分の能を書いています。それほど、想像力を刺激する別のスタイルを持っているのですね。インターナショナルな文学的力を持っているのです。

その能に十歳やそこらから鍛えられて、嫌々毎日毎日やらされた夢野久作が影響を受けないはずがないでしょう。それは文章のリズムになり、言葉の選び方の根底にある。そこまでわかって夢野久作を読む人が現れないものか。やがて現れるでしょうね。

今のところ、能なんて古臭い、福岡の見世物とか語り物なんてよく知っているから馬鹿らしい、珍しくも何ともないということがブレーキに働いているんですよ。そのために、ここで夢野久作を読みたいという意欲を持たないのでしょう。

しかし、ブレーキに働いているものは、ずっとブレーキとして働き続けるかどうかわからないですよ。それが推進力になるときがあるかもしれない。

もうひとつのブレーキは、夢野久作は本名・杉山泰道、杉山茂丸の息子なんですね。これも福岡では、あるレッテルになってしまって、ありゃ右翼じゃないか、あんなもの、ということになるでしょうね。これも、もう一つのブレーキなんです。

夢野久作は、その仕事と生き方だけを虚心に見れば、右翼ではないし、あの戦争時代に国家主義者として働いた人ではないんです。天皇機関説でいい、と言っていたことは杉山龍丸氏の伝記に出てきます。違うものなんですね。

だが、この二重のブレーキが働いているので、熱心に読む人は福岡にはあまりいないようです。ところが奇妙なことに東京では読まれるんですね。これは不思議なことで、三一書房から出た全集はたいへんによく売れた。しかし、九州の出版社・葦書房から出ているものは、三一書房から出ているものに比べて、そんなに売れているとは思えないんです。素晴らしいのがあるんですけどね。能の先生の伝記なんていうのは葦書房の版でしか読めないんです。

それから、五人の仲間で文庫版・日本文学全集というものを、筑摩書房から出し始めたのですが、そのときに夢野久作を入れたんですね。それはよく売れるんですよ。そして途中から「これから出して欲しい本に何を希望しますか」というアンケートを募ったところが、トップが夢野久作なんです。びっくりしてねえ。いや、出版社のほうもびっくりしたんですよ。それで、文庫版・夢野久作全集というのを出したんです。文庫版で全集が出るというのは、日本の作家としてたいへん珍しいのじゃないですか。東京の読者層にとっては、そういうランキングに入っているんです。

だが福岡ではね、記憶が長く続くらしくって、九州にくると記憶が長く保つんですね。ああ玄洋社かとかね。そんな連想は東京では出てこないんです。夢野久作=玄洋社なんていう連想は入らないから読むのですけども、九州に来るとそういう連想が働くんですね。私はそんなに何度も九州に来たことないんですが、ここに来たら私の曾祖父の名前が出たでしょう。あの人は福岡県の知事でしたが、熊本県の生まれなんです。熊本に初めて来たときに「あなたの曾祖父さんと私の叔父は横井小楠門下でたいへん仲が良かった」という人に会った。東京じゃありえないね。そういう記憶の回路はすべて断たれているんです。

ここは記憶の長く保つところなんですね。今のところ、それがマイナスに働いていて、それゆえに夢野久作の著作は読まれないんです。しかし、いつまでもマイナスに働き続けることはないと思います。

夢野久作は、東京に出たいと思ったことがないではないんですね。晩年にも、彼にとってはね、父親から捨て扶持をもらって小説を書くということは、たいへんな屈辱だったんですねえ。私は、その屈辱が『瓶詰の地獄』という作品のモチーフだと思っているんですけど。

東京に出ないと時勢に遅れると思っていたらしいんですよ。龍丸氏の回想によると、仲間の探偵作家と一緒に東京で電車に乗ったらば、ウンウン閉めようとしていたら、それは自動ドアだったんですね。自然にふうっと閉っちゃったんで、ものすごく恥をかいて、それが東京に出たいと思う原因だったと龍丸氏は推定しているんですが、まあ、そういうこともあったでしょう。

夢野久作は二十歳そこそこで東京に出て、兵隊で修業するのですけれども、慶応大学文学部にも行くんですが、もしそのまま東京にいたとしたら、どうなったか。いたとしたら、かなりの大衆作家になったと思いますね。というのは、彼の父親のやっている雑誌に連載した小説が残っているんです。『蠟人形（呉井嬢次）』『傀儡師』これらはだいたい三十一歳から三十二歳にかけて書いているものです。これを読むとね、全部が非常に達者なんですよ。軽快なテンポで読めるんです。ちょうど赤川次郎を読むように、スッスッと読めるんです。ですから、そのままずうっと修練していけば、十年書き続ければ、大衆文芸の中心に座ることはできたでしょう。

つまり菊池寛とか久米正雄とか、そういう人たちと並ぶ仕方で、もちろん自分の暮らしを支えるほどの作家になれたと思いますね。なれた、というより、なったと思います。

ところが、実際は彼は香椎の農園を与えられて、そこで父親からお金を、仕送りを受けて売れない小説をずっと書き続ける。彼自身にとって、それは相当の屈辱だったんですね。終わりまで文筆では身を立てられませんでした。

そのことが彼の偉大の根源なんですよ。東京に残っていたとしたら、東京というものの文壇的影響力の中で、夢野久作は沈んでいったと思いますね。

『蠟人形』は『暗黒公使』という長編の原型の筋を持っていますし、『傀儡師』は『ドグラ・マグラ』の原型です。しかし『ドグラ・マグラ』を書くのに、おそらく十回以上の書き直しをやっている人なんです。東京で雑誌社に連載原稿を書いて、すぐに渡していたら、そんなこと出来なかったと思いますよ。

ですから、東京にとどまらなかったことは、少なくとも夢野久作の独特の文学の成長のためにはよかったと思うんです。そして、そのために福岡で読まれなかったというパラドキシカルな運命をもっているんです。売れないことが彼の栄光なんです。

本が売れる売れないということ、むろん私は文庫版文学全集を企画したのですから、売れたほうがいいですよ。だけど、それは文学外的理由であってね、売れる売れないということは、創造の値打ちとは関係ないです。アンドレ・ジイドの『アンドレ・ワルテルの手記』というのは二冊しか売れなかったのですよ。スタンダールの『恋愛論』だって売れないんですよ。

むしろですね、一人に訴える機会があるかどうか、それが文学にとっては、たいへんに重大なことなんです。一人に訴える機会も奪われれば、それはやはり相当に残酷な運命になりますね。誰に訴える機会もなくて葬り去られる。一人に訴える機会さえ残されれば、それでいいように私には思えるんです。

未来に夢野久作の仕事が生きるかどうか、について私は関心を持っています。しかし未来に生きるというのは五十万人の読者によってではないんです。一人の力によってだと思いますね。

生きていた夢野久作について、夢野久作は昭和十年代に生き続けたら、何ごとかの思想的影響力を与えることができたか、という問題を出してみたいんです。

私の答えは「いいえ」。

なぜかというと、夢野久作が非常に期待して、人柄についても共感をもった後藤隆之助という人がいるんですよ。それは後藤隆之助の回想録にありますけども、お互いに関心をもっていたんですね。

後藤隆之助は明治末の一高柔道部の主将でしたが、心臓が悪くなっちゃってね。その後、柔道の選手として大成しなかったんですが、彼は昭和の初めに軍部がどんどんどんどん力を得ていくのを非常に不安に思って、なんとかして軍部を本気で押さえる力のある知識人を集めようと考えたんです。そして昭和研究会、昭和塾というのを作って、やがてそれが翼賛運動の原型になるんです。彼は一高で近衛文麿の同級生だったんで、近衛を担いでその運動をやったんです。これが、よくなかったんですねえ。

近衛という人は、そんな担ぎ甲斐のある人じゃなかったんですよ。後藤隆之助の動機は軍部を押さえることにあったというのは間違いありません。それは戦争中の彼の動きを見ればわかる。彼は、翼賛運動が日本の政治の中でいちばん大きな力となるようになってから、ぜんぜん表に出てこない。戦争が負けに終ってから、昭和研究会の回顧録を作っているだけです。

私は彼と戦後に会ったのですけど、こういうことを言ってましたね。「どの研究会にも自分は顔を出した。だけど自分は頭が悪いので、みんなが発表している間にいつでも眠ってしまった」。

オルガナイザーというものは、こういうものなんですよ。頭が悪くても誠意があればいいんです。後藤隆之助の誠意は伝わった。ですから、このグループには尾崎秀実とかそういう人たちを含めて非常に活発なさまざまな部会があって活動していたんです。

しかし軍部を押さえるには至らなかった。むしろ、軍部が翼賛会を使ってさらに日本の政治を独占する一つの機会になってしまったんです。それは、夢野久作が亡くなった後、昭和十一年以後の話ですよ。もし夢野久作がその後も生きていて、杉山茂丸譲りの財産を自分で使うことができたとしても、むずかしかったでしょうね。

彼が秘書としたのは紫村一重という人で、この人は近ごろ亡くなったそうですね。非常に偉い人です。なぜ偉い人かと言うと、『西田信春書簡・追憶』（土筆社）という本があるんです。それに出てきますが、西田信春は東大新人会の人で、この方面で共産党の組織を作った人です。それが突然姿を消したので、あれはスパイじゃなかったのかという噂があって、もう共産党の本部もズタズタですから、打ち消すだけの調査ができなかったんですよ。

ただ、その友達だった中野重治、石堂清倫、原泉、こういう人たちが、戦後に、どのようにして西田は終ったか、という記録を作ることができたんです。なぜ作ることができたかというと、夢野久作の秘書であった紫村一重の証言によるんです。

紫村一重は同じように裁判にかかっていたんです。裁判にかかっているのを知って、夢野久作は自分の秘書にしたんです。ここが面白いんですよ。

夢野久作は、彼を決して自分の親父の所に連れて行かなかったんです。頭山満の所だけに連れて行ったんです。これも面白いですけどね。

紫村一重は転向して雑役囚をしているんですが、転向して向こう側についたんじゃないんです。

雑役をしているあいだに、一生懸命こうやって資料を見ていてですね、自分たちのオルグだった西田信春が捕まって、その数日のうちに惨殺されたという、医者の検案書を見つけるんです。

拷問はね、階段をズルズルッと引き降ろして、またグルッグルッと上げるんです。何度も何度もそれをやるうちに、だいたい音を上げちゃうんですが、西田はがんばるから死んでしまったんです。だけど拷問による死ということを公表したくないから、何とかかんとか言ってごまかして、医者に診断書を書かせたんですね。しかし紫村一重はそれをちゃんと見て、人に知らせたんですよ。で、けっきょくスパイは別のところにいたんです。西田信春ではなかった。

つまり、そういうものでね、殺されてもスパイの汚名を受けてそのままになる、ということがあるんですよ。しかし、西田信春には紫村一重があり、そして紫村一重には夢野久作がいたんです。

久作は親父さんとの関係を切断して紫村をかばい、最後は腹心として、それから農民道場を作ろうという計画を練っていたんですね。しかし、その善意による道場を作ったとしてもそれは成功したか。私にはそう思えませんね。それは後藤隆之助の活動というか、その後を見るからです。あれだけの善意の人間が自分の一生を使い尽くしてもそうなる。夢野久作にとっても無理だったろうなあ、という感じがするんです。

そうとすれば、彼が屈辱に満ちた親父からの金をもらいながら、ずっと書き続け、十数回にわたって書き直した作品についてはどうか。夢野久作の作品は、これから生きる可能性をもっているか。

私の答えは「はい、おそらく」ということなんです。

短編にはたいへん面白いものがあるし、猟奇歌というのも面白いし、童話も面白いんですが、三つの長編についてだけお話しましょう。

『氷の涯』。これは、そのころ十代の終りにいた、共産党に共感を持っている紙芝居作家、小学校だけしか出ていない加太こうじに対し、非常に魅力のある、訴える力を持った作品だったんです。

その当時、実際に国境を越えた人がいました。それは、この作品より後ですよ。岡田嘉子と杉本良吉です。その国境越えは、その当時の日本の中に閉じ込められたたくさんの、今のまま戦争に行ってはいけないと思っている加太こうじのような少年男女にとって、たいへん魅力的な冒険に思えたんです。

だからこそ、その先駆である『氷の涯』も、そうだった。しかし、杉本良吉、岡田嘉子の越境、カラフト国境を越えたわけですがね、それは『氷の涯』にあるような理想を現実化したものか。それは、つい去年（一九九二年）になって、ようやく明らかになった。ソヴィエト・ロシアの政府は、杉本良吉と岡田嘉子を別々の所で拷問にかけ、岡田嘉子に自分たちはスパイとして入ったという拷問による自白を取りつけ、それを杉本に見せて拷問、両方をそのようにしてスパイであるという自白を選ばせた。違う部屋に置いて、拷問の声を聞かせるんですね。そういう残酷なことをしたんです。

今になって明らかになっている、これらのソヴィエト・ロシアの粛正の事実を背景にするとき、『氷の涯』のあの絶望とロマン主義は、実際の越境と逃避行より、遙かに先を指差しているように思えますね。

松田道雄の『ロシアの革命』は、メンシェヴィキとボルシェヴィキの対立のときに既に間違っている、レーニンはああいう仕方で自分の政策を通すべきではなかったと考えている。そして九州帝大の助教授で、その当時検挙されて職を奪われてしまった高橋正雄は、戦争中は非常にしっかり社会主義者としてのポジションを守り続けるんですが、同時にソヴィエトの成立が間違っていた、ロマノフ王朝がそのまま残り、その中で改革への努力が続くほうがよかったという考えを持ってたんです。私は面白い考えだと思いますね。そういう考え方は消されています。

今ではそのような事実を背景にして『氷の涯』をもう一度読むことはできる。新しい解釈が生まれるでしょう。

もう一つの長編は『ドグラ・マグラ』です。

『ドグラ・マグラ』は、やはりたった一人の少年、中井英夫に対して訴える力を持っていたんです。中井英夫は東京の中学生だったんですが、『ドグラ・マグラ』を熱中して読んで、それがやがて彼の『虚無への供物』という不思議な推理小説のもとの力になりますね。

彼はどういう巡り合わせか、参謀本部付きの二等兵で暗号兵になりまして、そこでよく東条参謀総長とすれ違ったそうですが、その中で自分で日記を書いていて、その日記は『彼方より』という題で戦後に出版されます。戦争を呪う毎日の自分の感想がしっかりと書き込んであるんです。中井英夫自身が驚くべき人物で、まったく孤立した一個の二等兵として、三宅坂の参謀本部に座ってたんです。戦争というのは、そういう不思議な隙間を作るもんなんですね。

一人に対して訴える力は、ある。

この『ドグラ・マグラ』は胎児の記憶、生命の記憶という考え方をよりどころとしているんです。人間の胎児は母の胎内にいる十ヵ月の間に一つの夢を見ている。これをパアッと夢野久作は思いつくんですね。

どこから思いついたかというのは、私は偶然手がかりを持っているんです。私が小学生のときに、厚い本で丘浅次郎著『進化論講話』というのがあったんです。小学生でも読めるような、みごとな文体で書いてあるんですよ。これがなぜ私の部屋にあったかというと、明治の末なんですが、若くして小学校卒業しただけで死んじゃった私の叔父さんが愛読した本だったから、私の親父は捨て兼ねていたんですね。これは面白い本なんです。その『進化論講話』を読んでからその後、丘浅次郎のもう一つの本『猿の群れから共和国まで』というのも読みますが、これも夢野久作の思想の発展と深い関係があります。

夢野久作は高天原の神話なんて信じてなかったんです。祖先は猿だと言ってたんですから。猿のボスがだんだんに大将になっていって、天皇は働くみんなの一つの象徴だと考えたんですね。それは乞食の勤皇という考え方とつながるんですから。

猿の共和国という考えと天皇を尊重するという考え、乞食もまた天皇への信仰によって生きるとする考え方、夢野久作の中に両方入っているんですよ。これが面白いんです。それは龍丸氏の伝記の中にもよく出てきますね。

「天子の道は民に親しむにあり」と龍丸氏が大きな声で読んでいたら、親父の夢野久作が怒って呼び付けて「民に親しむとは何だ、これは民を親にする、と読むんだ」と言うんですね。それは漢文の先生からいえばめちゃめちゃの読み方なんですが、これは聞き捨てにできない考えですね。

天子の親は人民なんです。そういうまったく別の考えなんですよ。乞食の勤皇にしても、これは夢野久作の創作じゃなくて、杉山茂丸から夢野久作に流れていく一つの考え方ですね。

『進化論講話』はダーウィンの影響とヘッケルの影響を強く受けているんです。ヘッケルは個体発生は系統発生を繰り返す、つまり胎児は海の中にいたときの自分の生命の形を持ち、魚のようになり、やがてまた哺乳類になっていくでしょう。それも十ヵ月のうちに。そのときに彼の細胞記憶はいかなる記憶を持っているのか、それが胎児の夢なんです。その考え方は、遺伝子の記憶保存の方法というものを発見するようになった二十世紀後半にとって、たいへんに重大なんです。

三木成夫という医者がいるんですが、これは中公新書です。『胎児の世界』という本を書いていまして、この人亡くなりました。この人は夢野久作を一章まるまる引用するんです。夢野久作にある細胞記憶という考え方が、何億年前からの記憶を伝え、そして受け渡していくということですね。それは今も生きている中村桂子のような人になっていくと三十五億年の生命の歴史。だから物語は三十五億年の生命の歴史と取り組む、それがこれから現れてくる物語の課題なんです。

どういう仕方で？　文章でいうとパンクチュエーションですね。そういうものの占める役割が非常に大きいです。語りの調子とリズムとパーカッションですね。それは、夢野久作の中にあるアホダラ経であり、あの不思議な区切り方だ。そこには、夢野久作の文学が、未来に向かって伸びていく道が開けているのが見えるのじゃないでしょうか。人間の遺伝子の読み直し、三十五億年の物語、中村桂子の言葉で言えばそういうことになりますね。

実際には十九世紀末から、ジュール・ヴェルヌの『月世界探検』とか、ヴェルヌのはものすごくたくさんありますね。ロシアでも出るんですよ。ザミアチンの『我等』、イギリスではオルダス・ハックスレーの『素晴らしい新世界』、H・G・ウェルズの『盲人の国』、『透明人間』。こういうSFの、あるものより早く、あるものと同時代に、夢野久作はこの『ドグラ・マグラ』を書いている。何者の模倣でもない。おそらく彼の発想の種は、明治末に丘浅次郎の書いた『進化論講話』、それからもう一つは百科全書でヘッケルを読んでますよ。

そういう科学書の断片から物語を紡ぎ出したんです。それは、戦争中といえども、一人の十四歳の中学生だった中井英夫をとらえ、彼を軍国主義の熱狂と全く無関係のものとして、三宅坂の陸軍参謀本部の中につなぎ止めたんです。

これは一つの奇跡ですよ。そんなこと、あるわけないと、統計的にものを考える歴史家は考えるでしょうが、そういうこと、あるんです。中井英夫はそのときの日記を残しているんですから。それは『彼方より』というものです。そして彼は一個の不思議な『虚無への供物』という推理小説を、戦後になって書いた。


もう一つの長編は『犬神博士』です。

私は、あるものなんでも読んじゃうんで読んだんですけども、これは十四歳の私の心をとらえたんですね。全然ほかの小説と違うんだ。その物語の中に入り込むようにして読んだ。ちょうどそのころ、私は中学校から放り出されて、落第して退校して、無籍者になっていたんですよ。そういう者にとっては非常にアピールあるんですね。

それを読んだのは一九三六年だと思うんです。私は学校から離れていますから、誰とも話し合ったことないです。これが面白い本だ、なんていうのは話し合ったこともない。そのあとアメリカに行ってしまうので、アメリカにいた四年、夢野久作について話し合うなんてない。で、帰ってきて軍隊に入るんですが、そこでもない。戦後になって私はモノ書きの仲間入りしますから、文学の研究者とかとずいぶん交際があるんですが、誰との話の間でも夢野久作が話題になったことはありません。

ところが、一九六二年になって、もうそのときは「思想の科学」という雑誌を始めてから十六年目だったんです。さっき言った加太こうじが編集長で、推理小説の特集をしましょうという話になった。何か書いてください、何を書けるかなあ、と思ったんですね。

私にとっては、とっても面白いと思った小説が一つだけあって、それは夢野久作の小説なんです。ところが読んだのが一九三六年で、もう二十六年前なんだから、持ってるわけないんだ。どうしたら手に入るのかと思ったら、これも加太こうじさんが捜してくれたんだけど、中島河太郎なら持っているというわけで電話かけてくれたんですよ。

で、中島河太郎氏の家まで行ったんだ。そしたら、何かドラム缶みたいなのに入れてあってね、出してきてくれて、手に入れて、二十六年ぶりに私は読んだんです。

同じように面白かった。驚くべきもので、それまでに私が読んだどの小説とも違った。十四歳のときに、どの小説とも似てなかったのと同じように、四十歳になっても、やっぱりどの小説とも似てなかったんですよ。

これを書いたのが『ドグラ・マグラの世界』という評論なんです。私が個人として好きなのは『犬神博士』なんですよ。だけど『ドグラ・マグラ』が代表作なんで中心に書いた。だが、私が十四歳のとき『ドグラ・マグラ』を読んだわけじゃないんで、その時には『犬神博士』が私をとらえたんです。

数年前に亡くなった良知という歴史家がいるんですね。『青きドナウの乱痴気』という本を書いた。一橋大学出身の人ですが、この人はドイツに留学して、ビラの類をたくさん集めて、一八四八年の革命に対してどのように流民・難民が力を出したか、それを書いていった人なんです。根本資料によってね。流民・難民について、根本資料を集めるのはたいへんですからね。その意味で、日本の西洋史学としては新しい領域を切り開いた独創的な歴史学者です。

彼は癌になって死んだんですね。彼と非常に親しかったのは藤田省三。彼は私にとっても非常に大切な友人なんですが、藤田省三から私は聞いたんです。

ヨーロッパの革命の歴史を書くのならば、どうしても貴族の動きを書かなきゃいけない、ところが自分は私生児であり、貴族の心理や動きについて洞察する想像力を持っていない。だから自分は十全な革命運動の歴史は書けない、と良知さんは死ぬ前に言ったそうです。もうすぐ死ぬ人間の証言としてはすごいですね。偉い歴史家だと思いますよ。自分が力いっぱいやって、その仕事が十分に認められて、しかもそれがどこに欠落があるかを自分で見ているんですからね。

その良知さんの考え方に立ってみると、『犬神博士』というのは……。

チイというのは、主人公で子供です。その子供はどこからさらわれてきたのか、わからないんです。明らかにさらわれてきた、そのさらった父親と母親に芸を仕込まれて、乞食芸人として村から村へ渡っているわけです。チイの養父、養母は流民です。それが福岡に入ってくると、ここで品川弥二郎の選挙干渉に伴う乱闘に巻き込まれるんです。片っぽは福岡出身の右翼の巨頭・頭山満らしき人物。そのチイという子供は頭山満といっしょに立ち小便するんですね。そのあたりに頭山満の風格が現れてますよ。

私が子供のときに相撲見に行くと、隣りが頭山満の桟敷だったんです。見てるとね、すごくおとなしいんですよ。荒々しい言葉なんて全然使わないですね。じっと静かに土俵を見てるんです。その感じと、チイの見てるその巨頭の感じが非常に似てるんです。

その巨頭に、乱闘を止めるようにチイが進言すると、巨頭はチイを連れてって知事と会わせるんですね。知事は中央から差し向けられた人ですよ、中央政界の代表。つまりここには中央政界の代表者＝権勢の人と、それに刃向かう県民中心の民族派——民族派・民権派なんですね、これが——その人たちとの対決があって、そして彼自身は流民に育てられた子供。こういうふうな構造としてね、明治半ばでとらえるというのはすごいですね。

私には偶然、死ぬ直前の良知さんの証言というのも重なってね、いやあ、大したもんだなあ。このような立場から書かれた日本の歴史の本はまだありませんよ。

そういう流動状況は、もはやなくなったのか。表面だけから見るとなくなったように見えるんですよ。

福岡でも高層ビルがいっぱい建っているでしょう。東京もビルまたビルですよね。六十年安保のときは、私は学校辞めちゃって、あの国会の周りの道端にひと月住んでて、便所なんてのはプレス・センターでだいぶ用を足したような暮ししてたけれども、あのときはまだ高層ビルはなかったんです。今や高速道路があって、ビルが建ってますからね。

もはや、デモっていうものは威力持ってませんね。だからもう全部押さえ込まれちゃった、管理体制に押さえ込まれちゃったんだって考え方が、表面のビルだけ見ればあると思う。

いやしかし、そういうふうには、なりませんよ。アフリカのナイジェリアだけで、二十一世紀には四億人になるっていうんです。インドは十億人、中国は今十億人いるんですよ。人類の人口が二倍になるのに、初めのうちは一万年もかかったんです。その次は千年、次は百年もかかった。私が子供のころ、人類二十億って言ってたんです。今その二倍を越えて五十億です。私は現在七十一ですから、それは一世紀の半分で倍になった。この五十億は一世紀の半分よりもっと少なくて百億になりますよ。

地球の上に、地球は広がってません。百億がひしめき合うって、たいへんなことですよ。そのときに原子力発電で出てくるエネルギーは、全部アメリカ人と日本人とヨーロッパ人とで使うので、おまえたちは外にいろって人類の過半数に言えますか。新しい流動状況に対して手を打たなきゃいけないのと違いますか。

人口の倍率ダブリング・タイムを考えると、流動状況はすでに終ったとは言えないですね。それはハイライズというんですが、高層建築ができたという、そのことだけに目を奪われて、日本の都市にだけ目を奪われているという、その感想に過ぎないと思いますね。

その世界的流動状況の中で、夢野久作の作品が読まれるとき、それはどうなるか。そのときになったら夢野久作はもっと売れるだろう、そういうことはあんまり大した問題じゃないんじゃないですか。夢野久作個人にも、夢野久作の遺族にも、もう著作権の年限は切れているんですから。何の収穫ももたらさないんです。

しかし、ひとりの人が読むときを考えたいんです。ひとりの人は夢野久作を読むか。未来のことはわかりませんが読むと思いますね。

私はここに来るあいだ、送っていただいた『快人Q作ランド』を読んだんですが、私は七十一歳ですが、私より四十も若い人たちが全然違う読み方をしてるんですよね。ことにびっくりしたのは、夢野久作のそっくりさんを捜し歩いて写真が出てるんだね。驚いたねえ、こういう発想は私なんかにはないです。こういうことが出来るんだな。

作品はそこに置かれている。作品は自由に読まれることを待っている。今日の私の話はそれだけです。

一九九三年十月二十二日
福岡市・キャビンホールでの講演から
（『夢野久作――快人Q作ランド』一九九四年五月二十日）

吹きわたる風韻

夢野久作は、父が杉山茂丸であったことから恩恵をうけ、また災難もうけた。政界の黒幕杉山茂丸について、私は多くを知らない。会ったこともない。数あるその著作の中で、『義太夫論』に感心した。戦争中に、まだ京都大学学生だったころの武智鉄二は、この論文から受けた示唆を後年の武智歌舞伎の構想に役だてた。

是《ここ》に於《おい》てか社会百般の出来事は、悉《ことごと》く死に纏綿《てんめん》したる情実にして、之《これ》を解決する死の研究をなす事は、之等《これら》作者によりて愈々《いよいよ》進歩したりと云《い》ふべし。

（其日庵《きじつあん》『義太夫論』帝国興信所印刷部　非売品　一九三四年）

テロリスト志願の右翼青年として出発した杉山茂丸にふさわしい洞察である。

夢野久作は義太夫をたしなまなかった。そのかわりに幼いころから喜多流の能のけいこをさせられた。二十九歳の時には喜多流教授となっている。能は、生涯にわたって彼の創作の範型としてあった。喜多六平太の舞のような推理小説を書くことができればというのが、晩年になってからの彼の嘆息であった。

『喜多』という喜多流の能の機関誌に、「『日活』＋『戦争』＋『競技』＋〇＝能」と題して癋見《べしみ》鈍太郎《どんたろう》というペンネームで、一九二八年三十九歳の時にエッセイを発表している。「べしみ」とは、渋面をつくった顔かたちで、中央政府から派遣されてきた能弁な官吏に言いまくられて、黙ってゆずる地方民の顔つきをうつしたお面の型である。東京から号令をつたえてくる有力者・父・杉山茂丸に対して、その言うままに九州の田舎にいて不得意な農園を経営する子（すでに中年に達していながら、一家を支えるほどのかせぎがない）の渋面に対応している。おなじ一九二八年に夢野久作名で発表した小説「瓶詰の地獄」は、父と一緒に一生びんづめにされた息子のありかたに、これまた対応している。「夢野久作」というペンネームもまた、父が息子の小説を読んで感想をのべた時の言葉をそのままとって自分につけたもので、その日その日を陽気に処理する実際家の父に対して、その父に経済的によりかかりつつ、世間的には役にたたない長い妄想にふける自分のありかたを甘受する符号である。

父親のくらしかたについて、夢野久作は全面的に賛成していたわけではない。父のつけてくれた農園経営の協力者にも、その人とのつきあいに困っていたようだ。父のところにむらがる右翼浪人に同調していたわけではない。しかし同時に、その人びとのおもしろさを感じてもいた。そのおもしろさだけに思いきって光をあてて書いたのが『近世快人伝』である。

右翼浪人の中にも、その思いきりのよさにおいてずいぶんのちがいがあったようだ。行動が無茶であるという点では奈良原到が一番だろう。台湾の高砂族の首をきって高砂族は立派だとほめたたえる考え方は、もしゴリラに思想があったらこんなふうだろうと思わせる。魚市場の篠崎仁三郎も、「フグを食いきらんようなやつは、博多の町ではそだちきらんぞ」という父親の教えどおり、人生のたのしみは、シビレとメマイにあるという哲学を生きとおした。こういう尺度ではかっても、明治・大正・昭和三代を通じて右翼の首領の位置にあった頭山満は、巨人であったと、夢野久作は感じている。この人がどういうふうに偉い人だったかは、私にはわからない。こどものころ、相撲の桟敷がとなりあわせだったので、何度も、何場所もつづけてこの人の立居振舞を見ていたが、背をまっすぐにして身じろぎもせずにすわって勝負を見つめており、近くの人にもの言う時の声は小さく、粗暴なところがなかった。この人に対する夢野久作の敬愛はたいへんなもので、共産党員として裁判にかかっている自分の秘書紫村一重（この人が志をかえていなかったことは獄中で雑役に服しているあいだに危険をおかして共産党指導者西田信春が隠密裡に虐殺された事情を書いた公式文書をさがしあてて戦後に同志につたえたことによって知られる）を、父・杉山茂丸には会わせず、頭山満のみに会わせることで、その風韻がつたわることを欲した、という一事によってもわかる。右翼・左翼のさかい目をこえて生きようとした夢野久作に、右翼的な性格を見るとすると、それは左右の陣営意識をこえて人格の風韻がつたわることを信じたということにある。

子・夢野久作にとって、父・杉山茂丸はどういう人だったか。現世に生きる怪物としては、自分は到底父にたちうちできないという認識を生涯もちつづけていたようである。

頭山満が、何時間でもだまってすわっていることにたえた人であり、政界の台風の眼となり得た人であったのと対照的に、杉山茂丸は、このような無言の弁から遠くはなれた活動をした。私の父鶴見祐輔は、自分の話術に自信をもっていたが、この自信家にとってさえ、彼が生涯にあった人の中で座談家としては杉山茂丸が第一の人物だった。

日本で私の会った人で座談の名人と思ったのは杉山茂丸氏であったが、今は故人となられた。この人も私はその全盛時代は知らなかった。晩年であった。しかしこれでも流石《さすが》に座談の天才としての面影《おもかげ》は充分に残っていた。全《まった》く奔放自在《ほんぽうじざい》、面白い表現が口を衝《つ》いて出た。そして天才の常としてそれが頗《すこぶ》る独創的で、甚だ新鮮の感じを与《あた》えた。

（鶴見祐輔『雄弁十六講』太平洋出版社　一九五一年）

このようにして、杉山茂丸は、明治大正の政界を無位無官の布衣として、対立陣営を自由に横断して動いた。父の書いた『後藤新平』伝によると、後藤新平が満鉄総裁ときまったという電報はまず杉山茂丸から後藤あてにとどいている。数十年にもわたるつきあいだったそうであるが、どういうつきあいだったのか、後藤の女婿だった父は書いていないし、孫の私は知るよしもない。

しかし、このようなつきあいがあったために、一九三六年、黒白書房発行の『夢野久作全集』は、茂丸・久作の死後、私の家にとどいた。こどもである私が、『犬神博士』を手にすることができたのは、祖父と父との縁によるものだ。

その後、六十年近くたった。私は、杉山茂丸の孫・龍丸氏の知遇を得た。龍丸氏の弟鐵児氏と参緑氏、夢野久作夫人クラ氏、夢野久作の孫杉山満丸氏に会うことができた。この人びとのこしたあざやかな印象をたよりに今、『近世快人伝』を吹きわたる風韻をかすかながら聴きわけることができる。

（『夢野久作全集11』一九九二年十二月三日　筑摩書房）

多義性の象徴を生み出す原思想

鶴見　俊輔
谷川　健一

『犬神博士』から受けた感動

谷川　鶴見さんは夢野久作の戦後の再発見の功績者です。鶴見さんが最初に夢野久作を世間に公表された。それがしだいしだいに多くの読者をひきつけて、それでついに今度の全集になったとも言えるわけです。

そういうところに位置を占めている鶴見さんが最初に夢野久作について興味をもたれたのは、小学校だというようなことを聞いたんですけれども、鶴見さんの早熟ぶりをよく示している(笑)。その印象と戦後の夢野久作の評価というのはつながっているわけですか。

鶴見　いや、もうちょっとあとです。中学一年生くらいです。みんなそうだと思うんだけど、子供のときにものすごくおもしろかったものが、はたしてほんとうにおもしろいものかというのは、疑わしいところがあるでしょう。私はいつか奥野健男に聞いたことで印象に残っていることがあるのだけど、奥野健男が東京工大に行って吉本隆明と友達になって、どうも自分はものすごく偉い人間と友達になったような気がして、本物ではないかと思ったんだそうだが、たまたま大学に来て一緒になった人間が本物であっていいものだろうかと考えてみると、疑わしくて、眉つばのような気がして、何度も何度も疑ったということ言ってるけど、やっぱりそういうところはおもしろいと思うんですよ。

確かに吉本というのはりっぱな男ですけどね。そういう奥野の疑いというのは、私にはとってもおもしろい。私は子供のときに夢野久作の『犬神博士』を熱中して読んで、実におもしろい本だと思った。ところがその後大きくなって他の人と話していると、『犬神博士』なんか誰も問題にしてないわけだな。そんな本読んだやつは私の知り合いにいない。まあもの書くようになって知り合いいっぱいできたけど、『犬神博士』読んだ人なんて会ったことがない。文芸批評家にずいぶん友達ができたわけだけどね。そうするとあれはどんなものだったのかなと考えると、白日夢みたいな気がするわけね。全然たいしたものじゃなかったのかもしれん。そう思うんだけども、やっぱりほかのいろんな小説を読んでも『犬神博士』と置き換えがきかない。

あの『犬神博士』の中に、島田を結った美少女が出てくるでしょう。それでその主人公が子供で、そこに連れて行かれて病を養っていますよね。気を失った状態から目をさましてみたらば、美少女がそこにいるわけでしょう。二人でのんびり話しているところが出てきますね。ああいう桃源郷みたいな感じね。あれはほかのいかなる文学、小説にもないわけだ。あれは確かに子供の感じというのを実によく表わしているんですね。それに似たものって捜すと、しいていえば中勘助の『銀の匙』の後編の終わりのところで主人公が白い桃もらうでしょう。友達の姉さんが残していった白桃を手の上に載せますね。それで終わりになるんですけれども。そのもの悲しい感じが体にしみとおる。それは少年の感じというのよく表わしていると思うんですよ。だけど『銀の匙』というのはご承知のようにきわめて静かな世界でしょう。行動のない世界ですよ。ところが『犬神博士』というのは、いま言った桃源郷みたいな話をしていると、庭の隅のほうから倶梨伽羅紋紋をしたやくざがやって来る。それに向かって主人公が頭の上のぬれ手ぬぐいをパッと投げると、それが相手の鼻にひっついちゃってパーンと倒れるというような、子供として好きないろんなドタバタがあるわけだ。『銀の匙』よりもっとおもしろいわけだな。『犬神博士』の中で子供としての全人生を十分に生きるわけね。

その小説はこどもの時にはおもしろかったんだけども、実はあんまりよくないものだったのかというふうな疑いをあとではもっていた。しかし、どうも置き換えがきかないからあるいはいいものじゃないかとも思い始めて、五、六年前に人から借りてもう一度読んでみるとやっぱりおもしろいんだな。夢野久作のほかの作品を読んでみると、もっとおもしろいものがまたあるわけよ。つまり『ドグラ・マグラ』なんてオルダス・ハックスレーなんかのSFよりもっと前に書かれたもので、私が知っている程度のイギリス文学の歴史、アメリカ文学の歴史の中でも全然脈絡のないものなんですね。文学史上の系譜がないわけだ。第一巻の解説に出ているけれども、あなたが言われたのか、蛇が自分の尻尾を食うような時間の関係になっている、時間が自分を食っていくというそういう時間のとらえ方があるでしょう。そういう時間として人生をとらえていく。ＳＦの真髄ですよね。戦後ＳＦはとても有名なものになったんだけれども、そんなものがアメリカで問題になる以前に、夢野久作は自分で書いているわけだな。

それがなぜ認められないのか、いったいそれの位置はどこなのか、どうしてこんな作家が生れたのかということに戦後に再読してからは興味をもつようになりました。だからもともとは『犬神博士』を読んだときの印象ですね。

谷川　お宅のほうに『犬神博士』があったんですね。

鶴見　そうです。

谷川　やっぱり尾崎さんと同じような触れ合い方なんですね。『犬神博士』に出てくる福岡県知事というのは、鶴見さんのご先祖の安場《やすば》保和《やすかず》をモデルにしたというのは、あとでお聞きになりましたか。

鶴見　いえ、全然聞いたことないんです。そのときも気がつかなかったし、さっきあなたが言われたので「ああ、なるほどな」と思った。今日の会のための下読みで二、三日前に私は『百魔』という本を読んでいたんです。夢野久作のおやじ（杉山茂丸）の書いたものですね。そこの中に百魔の一人で安場保和というのが出てきて、安場を福岡の知事にもっていくということについて非常によく言ってるわけです。だから「なるほど安場保和というのは杉山家の側から見れば一個の人物だったんだな」ということを、つい二、三日前に考えた。

しかし、『犬神博士』の中の知事が安場保和であるということは、私はつい一時間ほど前まで頭の中に浮かんだことがないんです（笑）。おそらくそういう因縁で私の家にあったんでしょう。だけどそういうことは説明してくれなかった。私はひいじいさんについては割合いい記憶をもっているんです。私の生れる前に死んでいましたけどね。あまり偉くなろうとしなかった人なんで、偉くなる競争から途中でパッと引いちゃったでしょう。ああいう引きぎわの鮮やかさというのはいいんだというのは、子供のときから頭にありましたね。偉くなろうとする人間にはろくなやつはいないという、そういう気持ちはありますね。だからそういう意味ではとても好きな人なんですけどね。

谷川　安場保和には熊本実学党のもっている理想主義と、実務家的な側面と、両方あったんでしょうね。で、一方のほうは楢山到ですか、頭山満と奈良原到をチャンポンにした名前なんですけれども、それがそこで世界の両面を代表しているような形で『犬神博士』というのは動いていくわけです。結局最後は両方が一致するような形になるんですが、『百魔』を読むと、安場に福岡県知事になるのをすすめたのは、杉山茂丸なんですね。そうして頭山派と安場知事は意気投合したことになっている。つまり『犬神博士』は官憲と民権派の相容れない対立を描いたものじゃない。

そういうように両方から見ていくという目が、父の杉山茂丸から聞いていたということもあって、夢野久作にはあるんじゃないかという気がするんです。

国境からはみ出す者への愛惜

谷川　私は犬神派と氷の涯派とあれば、鶴見さんは氷の涯派かなと思っていたんですけれどもね（笑）。いまの話では犬神が先に立っていますね。

それでその両方から見る目が夢野久作にあるというのは、『氷の涯』が赤軍というよりむしろ白系露軍とか、それから日本軍とかいう、そういう立場から取り上げて、しかも必ずしも国粋主義的じゃない視点（『死後の恋』なんかでもそうですが）をもっているところがおもしろいと思いますね。

極端にいえば、たとえばバルザックなんかが王党派であって、しかもブルジョア社会の腐敗みたいなものを非常に的確にあばき出したという評価がありますけれども、そうした位置みたいなもの——右側の席にすわりながら左側もわかるし右側のほうの欠陥も指摘できるというような、そういうところに夢野の魅力みたいなものを感じますね。

鶴見　『氷の涯』もそうなんだけども、〝はみ出た者〟というものに対する愛惜があるんですね。女主人公はロシア社会からはみ出した人間でしょう。それと日本の社会からはみ出した人間の両方が氷の海をずうっと駆けていくわけですよね。ああいうのはおもしろい。日本の民族を底のほうから信じた人間が、そういうはみ出し者に賭けるという、そのおもしろさが夢野の魅力だし……。

谷川　そうですね。だからいまのベ平連の脱走兵のそれにあてはまりませんか（笑）。

鶴見　まあその『犬神博士』の延長線上にあるわけでね。

谷川　いや、無名の、しかも国籍のちがう人間が支えるという点では『氷の涯』もそうですよ。

鶴見　『氷の涯』もそうかもしらんな。脱走兵でも、いままでいちばん長くいたのはクメッツという男で、それは一年半一つの部屋にひそんでいたんですよ。大きな部屋じゃないので、隣の部屋に知られると困るので、彼はテレビの音消して、毛布かぶって音消したテレビの前にすわって、ジーッと酒飲んでいたんです。彼をかくまったのは一人の基地の女です。その女性は基地で彼を見つけて自分の部屋に入れて、自分でかせいできて、ジーッと一年半……。

谷川　基地っていうのはどこの基地ですか。

鶴見　東京の近くです。その男はもともとは沖縄から逃げて来た。それを一年半かくまった女性はかなり年をとった人で、広島で原爆にやられている女性です。アメリカに対して、また日本の政府に対する復讐心、それが彼女のこういうふうな賭けた行為に結びついていくんでしょうね。無償の行為です。もちろん男女関係ですけどね。彼女も相当年をとっているし。彼女は彼にこづかいなんか実にたくさんやってね。最後は実にりっぱだったんだけどね。そのままいったら気が違ってしまうって、その女性がベ平連にやって来たわけ。部屋に入れておいてあるけど、音の消えたテレビを前に置いて、酒ばっかり飲んでいたら、足腰立たなくなって、目が見えなくなった。ダルマさんとおんなじだ。で、気が変になった、なんとかしてくれと言って来たんで、誰かがかくまったわけだ。そしてかくまったところが、まだ慣れないのでかくまっているのがむずかしい。そこでもとのところへまたかくまうことをたのんだ。もとの女性はもう引き取らないかと思ったけど、その案内役に立った男の話によると、二人が久しぶりに会ったときに初めにハンドバッグあけて、「パパ、ここに十万円ある。まだまだ私はあなたを世話できる」と言ったそうですよ。すごく即物的なんだな。すごいと思うね。べ平連などとなんの関係もない一人の女性なんですよ。そういう人が立派なのだ。結局彼はしまいに日本を脱出した。そのときに、最後に日本を出るんだから日本のお金はいらないと言って脱出する人みんなが金出した時に、彼だけがいっぱいだした。女性がくれたから。そしたらほかの連中は「おまえの奥さんがこれくれたんだからこれをおいてゆくのはかわいそうだ。これを持って行け」と言った。そしたら彼は自分の妻は——妻ってほんとうの細君じゃないんだ。彼のアメリカ人のほんとうの細君というのは、彼を捨てちゃって、もう離婚しちゃったわけだ。だからその日本の「妻」と称するのは法律的にはなんにも妻じゃないわけだろう。だけどこっちのほうがほんとうの妻と言える。それこそ妻以上に妻なんだけれども——自分の妻はみんなのために、脱走のためにこの金が使われることは望んでいることだから——とそれ出しちゃった。だからその女性にとっては彼が自分のそばにいるのも自由、離すのも自由なんですよ。それは人間の愛情のほんとうの姿だな。それが『氷の涯』なんですよ。

べ平連なんていうのは、日本人がしている脱走兵援助の氷山の一角なんで、そういうものとどっかで結びついているから、動いているのだ。何かが日本人の中で動いている。それと関係があるんですよ。

谷川　そう思いますね。

鶴見　それがネーションであって、ネーションというのは底のほうまで降りていったら、基本的にはインターナショナルなものなんですよ。

谷川　まさしく今おっしゃったようなところがぼくたちの関心をひくわけですけれども。それは無名のというよりは、名前を離れた男と女というか、人間どうしの触れ合いになってきますね。

鶴見　『氷の涯』は、まさにいま日本のいろいろのところで起こっている脱走兵と女性との関係を象徴したものでしょうね。予言的なものですね。

谷川　いまの困難な脱走兵の援助運動みたいなものとつながっていくような、そういうダブル・イメージみたいなものを感じるんですね。

鶴見　ほんとうの愛情というのは、相手が離れて行くのも自由なんです。相手を拘束しないいんですよ。だからマイ・ホーム主義なんて関係のない、別のものなんだ。そこがおもしろいんだな。べ平連のほうの若い人は、また連れて帰っても、あの女性はもう相手にしてくれないんじゃないかと思って心配しながら行った。そうするとその女性はハンドバッグをあけて……というのは、聞いて感動したなあ。

谷川　『氷の涯』の中でニーナですかね、あの女がやっぱり脱走兵と一緒にソリに乗って行くときに、食料品をたくさん買い込んで行くようなところがありますね。未来には破滅が待ち受けているのが分っているというようなところで、女性というのは瞬間の一点に賭けるということを生々としてやってのけるようなところがあるわけですね。

鶴見　人間というのは本来そういうことが可能なようにできているんですよ。ある順列組み合わせでバッとそれが出てくるんだな。そのときほんとに自分は生きているという感じがするときあるでしょう。

家族の思想

谷川　まあみんなそこに近づきたいがなかなか行けないというところ……（笑）。そういうものを夢野久作は作品の中でつくってくれるわけですね。夢野久作自体も日常生活の中じゃそういう抑圧といいますか、迷路みたいな日常生活があったんじゃないかと私は想像するんです。意識上で行き止まりの扉があったり、あかずの部屋があったり、曲がりくねった廊下があったりですね、そういう意識があいうかっこうで出てきたんじゃないかというふうに私は想像するんです。杉山家の代々の家系、その重圧とふくざつさの中で彼の作品が出てきたんじゃないか。

鶴見　家族の思想として夢野久作を考えた場合には、非常におもしろいでしょうね。そういう本格的な研究は、これからずうっと先になってからでないと現れないと思うんですよ。夢野久作個人が等身大で掘り起こされるということが、彼が死んでから三十四年目で初めてなされた。作品全部を読むなんていうことは、今までは誰もできなかったわけですからね。夢野久作の作品のまた背景になっている彼のおやじの生涯というものが発掘されるためには、さらに時間をかけなきゃむずかしいだろうと思うんですよ。

杉山茂丸というのは広い人物なんで、確かに明治の政治史でも大きな役割を果たしたに違いないんだけれども、これを正確に歴史のうちにおくということが、いままでの政治学者、歴史家にはできなかったんじゃないですか。日本の政治学者の学問の方法を越えた存在だと思うんです。

谷川 また非常に黒幕的なところがあって、まだはっきりしてない面もあるわけでしょうね。

鶴見 私にはいろいろよくわからないところがあるんだけれども、どうも杉山茂丸の思想と夢野久作の思想というのは相当つながっている面がありますね。

谷川 さっきおっしゃったその『百魔』ですね。それから浄瑠璃ですか、あれなんか「キチガイ地獄外道祭文」につながっていく面があるんじゃないかと思うんですね。

鶴見 『ドグラ・マグラ』に出てくるしね。『百魔』というのが『近世快人伝』の原形だという、どうもそこのところでも杉山茂丸と夢野久作はつながっているという気がしますね。杉山というのは……「乞食の勤皇」という文章を書いたでしょう。乞食坊主が行き倒れでどっかのほこらで死んだところへ、胸に和歌が一首書いてあって、それが勤皇の心を歌った詩だったんですね。幕末なんですよね。べつにどっかの藩の何かで政治運動に賭けた武士でもないが、そういう人の中に勤皇の志がある。そこが彼の魂のよりどころだった。明治以後にいわゆる革命家といわれたような連中が大臣になったりなんかして、爵位をもったりすると、それに対して乞食の勤皇の立場からの猛烈ないかりが彼を動かしていった。彼の前身は藩閥政府に対するテロリストだったわけでしょう。それがそのテロの心をおさえるというふうなもう一回り大きい人間、頭山満になだめられたところで、コロッとつまりキツネが落ちるわけです。そのあとは権力政治にもかかわるけれども、無位無官のまま過ぎるということだけは貫く。最後まで偉い人間になるとか、議員になるとか、大臣になるとか、華族になるとかいうのとはまったく無関係に政治の裏を歩いて行って、上下自在に動く位置を保ったというところに特色があった。

つまり伊藤博文とか山県有朋とか児玉源太郎とか、彼がかなりの程度操縦した人間は、ある程度心ならずもなんだけれども、上に上がりきりになっちゃったわけでしょう。中でも乃木大将なんて上に上がってきたことに対する非常な痛みを持っているわけだけども、しかし彼らはただ上に上がっていきゃいいということじゃなくて、やっぱり日本の民族に対する責任感というのはあったわけですよね。そうすると自分たちと接触して、しかも下がっていくことのできる人間と接触したかったんですね。そこに若い人間で、少なくとも欲得抜きの人間であるということがはっきりわかるような杉山茂丸という人間が現れると、それを非常に珍重して、ゆっくりくりかえし何時間も使って話をしたりして、この人間の気持ちを知りたいとかなんとかで自由に派遣する。一種の移動派遣大使として使ったわけですね。この上下自在というふうな、そういう機能を備えた人間として、明治の政界から歩いて行ったし、非常にむずかしい役割をいろいろした。伊藤博文自身が忍びの形ででも会いに行って、反対党の党首の話を打診するなんていうことはできないわけです。そのときに杉山茂丸を派遣すれば、コミットメントなく相手と話ができるという、そういう役割があったでしょう。そういうものがたくさんあった。
はみ出し者であって、しかもネーションの心を実現させて、日本の政治のうえにいくらかでも反映できる、そういう役割をになう者として杉山茂丸は動いたと思うんですよ。夢野久作はそういう思想を、継いでいる面があると思いますよ。

谷川 いまのはみ出した人間という者のもつ評価については、ほとんどそれに終始しているみたいな感じですね。

鶴見 杉山茂丸には禅味があるでしょう。その禅味というのはやっぱり夢野久作にいくわけだな。しばらく坊主してるでしょう。

谷川 この前福岡で夢野久作の掛け軸を見たんですけれども、禅画ですね。「ああ、こういう面があるか」ということはそれによってわかるわけですね。
ただぼくが思うのは、そういうような累代の特異な先祖とか親とか、ふくざつな事情の重圧というものが、夢野久作の中ではまるで夢魔のように蜂の巣状になってのしかかり、ある意識はつぶされ、ある意識のところはひらくという形になっている。少なくとも杉山茂丸のような天衣無縫というか、オープンな感じは夢野久作にはないですね。

鶴見　逆になっていますね。

谷川　ええ。符号が逆になっているような感じです。絶対値は同じで矢印が逆だ。

鶴見　片一方は政治の世界なんだけど、それを文学の世界に移し植えたような、活動様式の転移なんでしょうね。

谷川　それと、こういうことはありますか。たとえばそういう古い家系のうちなんかには、極端にいえば狂い咲きみたいなのが出てくるんですね。夢野久作の作品のもつ異常な面というようなもの、たとえば『あやかしの鼓』にみる高林家みたいなものですね。団地に住む健全な中堅家庭みたいなところから出てこない特徴をもっているところはあると思いますね。

鶴見　そこのところも、杉山茂丸の伝記やなんかが出てこないと、いろいろわからないと思うんですけどね。龍丸氏が書いた『夢野久作の生涯』というのにいくらか出てくるんだけれども、杉山茂丸には非常にたくさん妾がいて、同居したりなんかしていましたね。その中に夢野久作がおかれているわけでしょう。自分の身分というのはきわめて不安定で、いつ自分の場所が失われるかわからない。そういう状態におかれて育っていきますね。この不安が彼の精神形成にものすごい影響を与えていますね。

谷川　一時廃嫡にさせられようとしたこともあるらしいですね。

鶴見　あとで研究者にいろいろ考えてもらいたいことの一つは、なぜ夢野久作にこれだけ近親相姦のテーマが多いかということなんです。これだけ近親相姦を追っかけた作家というのは、近ごろになって倉橋由美子やなんかが出てくるけれども、戦前にはあんまりなかった。大正末から昭和初めにかけてこれだけ書くというのは、何か彼個人にとっての心理的な必要性があったと思うんです。それはなんだろうか。これを今後考えてほしいなあ。

谷川　それはぼくも龍丸氏に前から何度も質問している問題です。そういういとこ、はとこみたいな者に対する血を分けた、しかもしょっちゅう身近にはいないわけですから肉親的な感情はない、そういう者に対するはるかな愛情みたいなもの、そういうものが現実にあるんじゃないかという想定をして、何度も聞いたことがあるわけです。

鶴見　おそらく三十ぐらいまであっただろうと思うんですよ。ところがそれは作品を書いている段階では、回想として書いていますね。明らかに静かな状態におかれて、抑制された状態で書いているでしょう。結婚してからものすごく落ち着いた暮しをしていたでしょう。日記によると自分の作品を母、兄弟、夫人に読んでやりますね。で、原稿は夫人が清書するし、牧歌的な暮しでしょう。読んでいるうちにお母さんが寝ちゃうし……。

谷川　そうするとガッカリするみたいな……(笑)。

鶴見　悩みに悩んだ時代というのは、むしろゼロ歳代、十歳代、二十歳代であって、おそらく三十年間悩んだと思いますよ。それがあとでは小康を得ているんです。最後の再婚したあとのドストエフスキーみたいなもので、もう前半のあのメチャクチャな状態というものを、静かに回想できるような、そういうしばらくの時間というのが彼に与えられたんでしょうね。

谷川　だから久作未亡人のクラさんの話を聞いていて、非常に不思議な感じがしたんですがね。あまりにも健全な家庭生活を営んでいるということにね。

鶴見　農園の暮しもよかったんでしょうね。彼はあれだけの才能をもっているわけだから、最後は東京に出ようとしたらしいですね。だが早く東京に出ていたらあれだけのものが書けたかというと、そういうわけにいかなかったでしょう。

おかしなことを龍丸氏が書いていますね。夢野久作が東京に出て来て、ほかの探偵作家と一緒に省線（国電）に乗ろうとした。そしたらドアが閉っちゃったわけだ。その時夢野久作はみんなの先に立って行って、あけようと思ってウンウン、ウンウンうなったけどあかないんだって。そのうちにドア・エンジンだったので、自動的にスウーッとあいたというわけなんですね。エンジンがかりになった扉であるとは知らないで、ウンウン、ウンウン友達の東京者の作家の前でやったことが恥ずかしくてたまらなくて、福岡へ帰ってから「えらい恥をかいた」と言った。そのことが最後に彼がやっぱり東京に出て行かないと世の中に遅れるというふうに考えて、上京を決心した原因になっていたであろうということを、龍丸氏は書いていた。案外そういうことがあったろうと思うんですけれども。だけどそれはそれとして、私は東京に住まないで香椎に住んだということが、どれだけ彼の作風を見事な、独創的なものにしたかわからないと思います。あれは香椎なしでは完成することはできなかったと思う。

谷川　そうですね。あそこは隔離された所でもあるわけですね。福岡でもちょっと離れた場所……。

鶴見　ええ、つい近ごろまで電話がなかったんです。

彼のおやじが黒幕だったというのはおもしろいんで、耳学問とか人間関係とかそぶりとか、そういうもので驚くべき多量の人間認識を夢野久作はゼロ歳代で自分の身につけていると思いますね。

谷川　ええ。『犬神』の子供が非常に機知に富んだふるまいをしますね。見事な活躍をやるわけですけれども、あれなんかおそらくゼロ歳代ですね。

鶴見　戦国時代あたりの子供がものすごくいろんなことするでしょう。たとえば石田三成が木下藤吉郎が来たらば、最初にぬるいお茶を出してだんだんに熱くしていったんで、木下藤吉郎は非常にほめて取り立てたという話がありますね。石田三成はいくつか知らないけど。そういう人間がいっぱいいたわけでしょう。秀吉はそういう人間を取り立てていったわけだ。

だからああいう人間というのはやっぱり子供のときから危機にさらされているから、非常に知恵がつくわけでしょう。夢野久作もゼロ歳代で危機にさらされていたと思うんですよ。いつ自分の立場を奪われちゃって、しかもほっぽり出されるかわからないんだ。やっぱりそのことが彼が特殊の知能をもつようになった源泉なんじゃないかな。何よりも彼の家が彼の学校だった。

谷川　と思いますね。たとえば『押絵の奇蹟』の中で、あれは実際話を聞くと、押絵をずっとやってたという人はおばさんですね。ですからお母さんじゃないわけですよね。だから母に対する愛情が『押絵の奇蹟』を生んだんじゃなくて、ぼくはやはり彼はおばさんに対するつながりがそこにあるんじゃないかという気がするんですけれどもね。そのおばというのがまたどういう関係のおばなのか、たくさんいるだろうからわからないわけですがね。ですから一応切れた形で家庭生活をさせられているという、いまおっしゃった不安定さですね、それは非常に強かったと思う。

鶴見　それから若くて家出をして、労働者もするし、立ちん坊みたいなことやってたわけでしょう。そのことが家というのを遠くから見させるし、自分が家なんかに頼らなくても腕一本で生きられるという自信を植えつける。そこから家を即自的じゃなくて、向自的なものとして切り離して見ることを可能にしますね。そうして最後にやっぱり自分自身の家庭をつくるわけなんで、だから最後では割合落ち着いているわけです。

目に見えない監視

谷川　郵便局長なんかもなっていますね。あれなんか落ち着いてなくてはとてもやれそうにもない。石光真清なんかも郵便局長やっています。

鶴見　郵便局長というのおもしろいと思うけどね。いいポストだなあ。大学教授よりだいぶいいですよ(笑)。

谷川　三等郵便局長というのはね。

鶴見　いいねえ（笑）。

谷川　だから落ち着いたときには、郵便局長というのはいい職業じゃないんでしょうかね。

鶴見　あくせくしないでそこにいて、それで石光真清みたいに三部作を書くとか、夢野久作みたいに『ドグラ・マグラ』を書いたらいいね。理想の境地だね（笑）。この中に表われていく禅味というのはおもしろいもので、時間の感覚が結局禅ということですね。つまり初めも終りもあるものか、いまだけがあるんだ。初めは終りのうちにある。そういうものでしょう。

谷川　時間というのが夢野久作の作品の中で非常におもしろい特徴をもっていますね。それとさっき申しました禁圧された心の状況があって、そいつが一方のほうにだけ開いていくというような、そういう一つの目に見えない監視みたいなものがどっかにあるという意識ですね。ドストエフスキーの『白痴』なんかでも、どっかに目に見えない監視があるというところがあるわけです。で、そいつが極端に高まるとてんかんを起こすわけですけれども。

たとえば「猟奇歌」を見ますと、どっかに監視している見えない目というか、そういうものがあるような気がしますね。それが「猟奇歌」のもつ追いつめられた男の叫びみたいなものにつながっていくようなところがある。そういう印象を感じたのは、久作の秘書に紫村さんという共産党員がいたんですね。紫村さんはまだ健在ですけれども、とにかく久作はコミュニストを自分の秘書にしていた。その紫村さんがいちばん高く評価するのが「猟奇歌」なんだそうですね。それでぼくは「ははあ」とそのとき思ったわけです。おそらく治安維持法の下で、監視されている状況に紫村さんはいたと思うんですが、そのときの自分の気持ちが非常に「猟奇歌」の中にあるものに共感するものがあったんじゃないかという気がしたんです。それを夢野久作に引きつけて考えますと、さっきおっしゃった不安定性みたいなものともつながっていくわけですが、絶えず何か見えないもので監視されているという――まあその目が単数のばあいも複数のばあいもあると思いますけれども、一室にいてもどっかから見られているという、そういう感じをもっているんです。

鶴見　子供のときにおかれた実にたくさんの家族というのか、なんだかわからない人間がこういて、その中にポコンとおかれている、それがそのようにしていくものじゃないんですか。

定型を打ち破った学問の方法論

谷川　それとだいぶ話が飛ぶんですけれども、博多弁の饒舌さとか、浄瑠璃とか義太夫みたいなものの伝統、そういうものが文体の中に非常に出てくる。それは杉山茂丸から受けついだ血筋でもあるでしょう。『百魔』でもサワリで調子を出すべきところは必ず韻をふんでいて、たのしいですね。

あれ読みましたとき私が感じたのは、川上音二郎というのがいますね。彼はやっぱり福岡なんですね。ですから例の壮士節みたいなやつ、あれで啓蒙して歩くというやつですね。あれも鶴見さんの言われる一種の学問論みたいなものにつながっていく、なにかそういうものを私は連想したわけなんです。それは革命である程度挫折したときの宮崎滔天なんかにもまたあるわけですけれども、ああいうものの伝統が夢野の「キチガイ地獄外道祭文」にあらわれていると思いますが、鶴見さんは『ドグラ・マグラ』の外道祭文を学問論として捉えておられるのですが、その学問論というのをもうすこし現代の大学紛争なんかに合わせて……（笑）。

鶴見　ヨーロッパから移されてくるような種類の学問というものでずうっと日本の大学はやってきたわけだけども、ついに百年で食いつぶしちゃって、いまほんとうの意味での壁にぶつかったんじゃないですか。とにかくいままでのやり方じゃダメだということに気がついていたものも、惰性できちゃったわけですね。いまは至るところでそのことに学生たちが気がついて、それを突きつけているわけで、どうにもしょうがないところへきちゃったわけでしょう。学生たちは大学生だなんかといって偉いなんていうことがあるものか、大学生の特権なんか放棄したってかまわないというところまできたわけでしょう。それだからそういう人たちの問うている、あるべき学問というのは、自分たちの日常生活の感覚というのによって貫通されているような、そういう学問でなきゃいけないと思っているわけですね。ヨーロッパの中世のミンナジンガーの研究なら学問だから博士になって、でろれん祭文の研究だったらダメだというのはどういうわけだという、そういうところもあるわけです。本来同じものでしょう。で、でろれん祭文でも漫才でも、時代をちゃんととらえている。その状況把握の的確さというのはあるはずです。そこのところから思想を全部やり直さなきゃいけない。学生運動の中にそういう芽が出てきたんじゃないですか。

夢野久作なんてまあ大学にいくらか行ってるわけだけど、祭文のような土着的な運動のほうに愛着をもった。大学を離れてから一人で立ちん坊みたいなことをやって、移動労働者、季節労働者の間で雑談なんかをして、その人たちがいかに自分の考えをもっているかということがわかってきたわけです。そのことが彼の身上になっているわけで、その認識に裏打ちされた作品を書きたいと思って書いていった。相当ハイカラなものもありますけれども、その当時のいわゆる新興芸術家的なハイカラさとずいぶん違うものですね。

谷川　鶴見さんがおっしゃった学問論というのは、ずっと歩いてそれを組織していくという組織論にもつながるわけですか。

鶴見　そうですね。まあ柳田国男なんて官僚だから官僚として歩いて行ったわけだけれども、とにかく歩いて歩いて、官僚であるうちにいろんな所で話を聞いて、それが官僚をやめてからの彼の学問になって生きるわけでしょう。そうしてその当時の東大、京大でやったことのないような新しい日本学というのを柳田はつくるわけです。そうじゃなくてほんとうの行商人として歩いたら、内務省の偉い官僚だった柳田国男がとうてい見ることができないものをいろいろ見られるわけですね。夢野久作は放浪しながらそういうものを相当見たと思うんですよ。彼の中には華族とか公爵とかなんとかいうのいっぱい出てくるけれども、同時にそういう者はすごく偉い者として出ているわけじゃない。ほんというと乞食でも泥棒でもなんかもっているんだ。つまり時間からいえば初めも終わりもあるものかという考え方があるけど、社会の中の秩序でいえば、上も下もあるものかという考え方が夢野久作の中を貫通しているわけですよ。そこがおもしろいわけだな。ちゃんと考えている人間というのは学歴なんかにかかわらずいるものだ。そこにどっかと腰をすえている文学じゃないですか。だから民衆が出て来てもつけ焼刃じゃないところがあるんだなあ。

谷川　そういう点では自分の考えを述べるのに断定的だし、大胆ですね。ズバリズバリと述べていきますね。

鶴見　ええ。神秘的な直感があったでしょう。赤ん坊といえどもものを考えている。「胎児の夢みる夢は何か」というところがあるでしょう。

谷川　あれはやっぱヘッケルなんかの思想、啓蒙的なああいうものの影響はあったんでしょうけどね。進化論みたいなやつの……。

鶴見　そうですね。どっからきたんでしょうね。

谷川　山口昌男氏が『ドグラ・マグラ』の中で「文化人類学」という言葉をあの当時すでに使ったというのはすごいというようなこと言っておりますね。相当いろいろな書物に目を通しているんじゃないかという気がしますね。

鶴見　彼は百科全書をものすごく読んだんですってね。

谷川　龍丸氏の話ではそうですね。

鶴見　「百科全書の中で自分が知らないと思うのを出してみろ」と言って、なんでも知ってたと。

世界小説とは何か

谷川　鶴見さんが「思想の科学」で、シベリア出兵が一つの世界小説みたいなものの一起源を画するというようなことを書いておられましたね。シベリア出兵を取り上げたという夢野久作の意味をそこで説明しておられるんですけれども、世界小説というのは国際小説というのとどうちがうんでしょうか。

鶴見　国際小説というのは二つの民族の交渉についてだけでも書けるわけで、ヘンリイ・ジェイムズなんていうのはだいたい国際小説ですね。アメリカ－イギリスものが多いでしょう。それからE・M・フォスターだってそうなんで、イギリス－イタリア、イギリス－インドというふうに二つの地域を書いてくるんですね。それが世界小説になる場合もある。

世界小説というのは、世界を一つのものとしてとらえる感覚で貫かれているものですね。そういうのはなかなか昔には書かれていないわけで、やっぱり第一次大戦後出てきたものが多いと思うし、夢野久作の作品はある意味でそれのはしりだ。非常にローカルな、地方色のある作家でありながら、同時に世界小説の作家だというおもしろい面がありますね。

谷川　それはやはりソヴィエト革命というようなものが第一次大戦の末期に起こりますね。それが一つの世界小説のモメントになるわけですね。

鶴見　第一次世界大戦、ロシア革命、そしてそれに対する日本の反応としてのシベリア出兵と三つでからむわけでしょう。それに反応するわけでしょうね。だから黒島伝治なんかもちろんありますけれども、『ドグラ・マグラ』のほうがもっと世界小説的であるような気がしますけどね。SFというのは世界小説的にならざるをえないんですけどね。

谷川　そうですね。その点、同じような背景を持った『人生の阿呆』なんかはどうなんですかね。

鶴見　うん、『人生の阿呆』もおもしろいんですけど、だけどいくらか明治の枠にとらえられちゃって、全部がその枠にスポンとおさまっちゃうでしょう。そこからはみ出さないのはやっぱり残念だな。明治様で終るんだからな。

谷川　ぼくも中学のときに『人生の阿呆』というの読んだ。おもしろかったんですが。

鶴見　いいんですけどね。

谷川　ああいう『氷の涯』だとか『人生の阿呆』みたいな世界小説というか、海外を一つの舞台にしたという小説が出てくるということの背景には、日本が国際的に孤児化していくということの反作用みたいなものがあるように思うんですけれども。マルクス主義の残滓みたいなものが一方に残っており、一方には国際連盟を脱退したりする。

鶴見　もっと早いですね。むしろ第一次世界大戦後の時期とからんでくる。だからいまあなたが言われたような孤立化の中で反作用として現れる世界小説というのは、横光利一の『旅愁』ですよ。あれはもう一つの世界小説で、あれは〝小説の神様〟って文壇で非常にもてはやされたわけだけれども、私はとってもまずい種類の世界小説だと思いますね。

谷川　つまり反作用でしょうかね。

鶴見　つまり日本を無理矢理に美化して、日本の中に世界文明の尖端があるというふうに無理矢理にもっていって、一種の自己催眠であの長い小説を書ききろうとしたわけですね。結局西洋文明は物質文明でいかんと、しかしなんとしても科学がほしい。そういうバカげた話なんだ。つまり科学だけを取ってこようとするわけですよ。で、悩みに悩んだ結果、日本で御幣の切り方見ると、日本の幾何学がある。やっぱり日本にも昔から科学があるという話で終りになるんだけど。ヨーロッパの思想については誤解につぐ誤解の連続で、つまり科学精神とか論理的な解析の方法がわかってないで、糊塗していくわけでしょう。ああいうのが私の子供の時代だと、文学専門家の最も高く評価する小説だったんで、文学の玄人における番付でいえば横光利一が横綱で、夢野久作というのはあれは幕下のトップぐらい。その評価というのはいまも尾を引いていると思うんだけれども。

つまり日本では文学の同人雑誌で苦労して、「文藝春秋」あたりに書いて、認められて、賞を取って、専門小説家相互の出版記念会にくりかえし出てというふうな人間を評価するという傾向があって、夢野久作みたいに右翼の息子で、なんだかわからないことゴロゴロやってて、突如として探偵小説というのを書き出して出てくる、そういうはみ出し者は認めないという傾向なんですね。そういうはみ出し者に日が当たるというためには、作家としての出発以後四十年、死んでから三十年余かかったわけでしょう。大学紛争などがあってはじめて、夢野久作全集が売れるようになったんじゃないですか。

谷川 既成の一つの権威みたいなものが徹底的にこわれないかぎりは、夢野久作も浮かばれなかったというわけですね。

民衆の独自な伝達手段

鶴見 本格右翼というものはそういうものだったというのがおもしろいですね。平沼騏一郎みたいな官僚的な右翼というのが正統の位置を占めていたわけだし、それはそれで検事の専門家でやれたわけだけれども、初期玄洋社に拠って非命に死んだような人たちというのは、うずもれたままきてんじゃないですか。夢野久作はそういう人たちにつながっている。

谷川 山本周五郎なんかもそうですね。大衆小説みたいなものを盛んに書いて、ああいう中から非常に純度の高い文章を書きえたわけですね。だからそういう線では、夢野久作が「新青年」みたいなところから出発して純文学以上の価値の高いものをつくり上げたというのと……。

鶴見 ええ。それから学問論とさっきあなた言われたんだけども、『骸骨の黒穂』という小説あるでしょう。これはとってもおもしろいと思った。この中で直方に突如として乞食がいっぱい寄ってくるんですね。それからまたいなくなる。それは理由があるんだ。それで乞食の元親方でいま飲み屋をやっている人間がいろんな信号を出しているんですよね。そういう落ちぶれたと考えられるような人間がそれぞれ自分の知性の営みをもっていて、ちゃんと信号を出している。そのことによっていろんな人間界のことが行なわれていて、ただ官僚とか大学の教授とかいうのはそういうもの知らんのだということずいぶん出ていますね。だけどやっぱりそれが人類の学問なんですよ。彼が渡り者としてゴロゴロ歩いて行ったり、子供のときに彼のうちにゴロゴロしていた無名の右翼活動家のもっているいろんなものが入っているわけだな。で、彼は日本の大学が知らないような学問をしているわけでしょう。テレパシーだね。テレパシックな感応があるでしょう。

谷川 ええ。夢野の場合はそれが非常に強いですね。遠隔感応能力みたいなやつですね。

鶴見 またその感応の媒体としていろんな多義的な象徴があって、その多義性をになういろんな象徴というものを見つけていくわけですね。この『骸骨の黒穂』というのは「黒い穂」なんだけども、たとえば『あやかしの鼓』とか、それから『押絵の奇蹟』とか、それぞれが多義的な意味をになう記号でしょう。民衆がお互いに自分の認識と感動を伝える面で、そういう象徴をひそかに使っているわけですよ。そういう象徴をとおして重大なことは伝わっているんです。伝わるべきことは伝わっている。そこに目をつけてピタッとくっついているところが、夢野久作の文学はおもしろいんだな。

谷川 そのさっきおっしゃった乞食の赤潮ということですけれども、それは実際に乞食に非常に近い連中に触れてみないと、そういうところがわからなかったということがありますね。清水精一という人ご存じだろうと思うんですが、高槻の地主の息子で、小作争議を体験して、それで非常に悩み抜いて哲学をやるんですね。ドイツにも留学したという話を聞いたんですが、それでもわからない。そこで比叡山に行って、いろいろ高僧に教えを受けるわけですけどわからずに、比叡山を捨てて西のほうに歩き出しまして、丹波の山の中で木食をやるんですね。松葉だけを食うんですね。穀食を断つ生活をするんですけれども、それをやっているうちにだんだん松葉にもうまい松葉とまずい松葉があることがわかるんですね。それで今度はうまい松葉を食うためには何里をも遠しとせずに取りに行くわけですね。ですから人間の欲を断念しようとしたものが、松葉を食うという段階になっても、やっぱりうまいまずいという好悪感がそこに働くということを知るんですね。

ぼくがその自叙伝を読んでおもしろかったのは、うまい松葉とまずい松葉があるということね。まずい松葉食いたくなくてうまい松葉を食いたい。それから動物が自分の小屋の所に――たとえば雌のキツネなんかが悄然とすわっていることがあるそうですね。白昼にすわっているのを見るとまるで幻みたいに見えるというんですね。交尾期に相手にはぐれた雌のキツネが小屋のそばにたたずんでいる。そのときにどうしても雌の動物に愛着を感じるというんです。それでやはり欲念というのは捨てられないって。捨てられないものがやはり人生だということで、今度山を降りるわけなんです。降りてすぐまた上の暮しをするんじゃなくて、橋の下の中に入っていくわけです。大阪の阿倍野橋の下の乞食の群に投じて、そこで乞食の親方の娘を細君にして、そこで活動する話があるんですけれども、そうするとまた乞食の中にシステムがありまして、縄張りと、それから非常にきびしい掟があるわけで、乞食というのは遊んで暮せるものじゃない、働かなけりゃ乞食も成り立たないという、われわれ乞食を知らない者の論理からいうと、まったく反論理みたいなものを乞食はもっているわけですね。乞食ほど勤勉な者はないというようなことで、どっかの縁日があればそこに行ってかならず坐るわけなんですけれども、まあブレヒトの『三文オペラ』の初めあたりに出てくるような感じなんですが。いまおっしゃったその乞食の赤潮なんかのことを彼が書き得たということは、一つにはそういうことがあるんじゃないかと思いますね。

思想をつくる思想

谷川　それともう一つは、いまおっしゃった幻覚能力みたいなものですね。見るともなしに見ているんでしょうね。乞食がすうっと集まって、また散るというのは、あんまり意識しないんじゃないかという気がしますね。なんとなくジーッとしていると、それが心の中にわかってくるというあれがありますね。動かないで、本能的に直覚的に出口を捜していくというような、そういうものが夢野の中には非常に強くある。たとえば『笑ふ唖女』ですか、あれが新婚の婿さんに抱きつくところがありますでしょう。あれは低い次元でそういうのを発揮しているところがあるわけですけれども。

鶴見　第一巻に収められている『一足お先きに』なんかでも一本の足を切られちゃって、それから自分の切られた一本足をアルコールに漬ける。そのあとその一本足が歩いて行くような幻覚が生じて、夢の中で一本足で金持ちの未亡人のところへ行く、そういうような話がありますね。あれなんかやっぱりからかさのお化けのイメージなんかと重なっちゃって、夢の中の象徴だと思うんですよ。ああいう象徴の使い方はものすごい力がある。はっきりした文章になっていわれるような思想よりも、その思想をつくっていく原思想みたいなものに彼の興味というのは集中したと思うんですよ。原思想というのは思想をつくっていく思想なんだな。つまり道具に道具を作る道具と、ただの道具があるでしょう。彼が興味をもったのはもっぱら機械を作る機械のほうなんですよ。思想をつくる思想、つまり原思想なんだ。その原思想が現実の生活の中に現われるのはどういうのかというと、きわめてあいまいな多義性をになった象徴なんだな。つまり『あやかしの鼓』とか『押絵の奇蹟』とかああいうものなんですよ。だからそういう象徴の形成過程をこってり怪奇小説に書いたわけでしょう。そこのところが彼の文学のその方面の技巧なんじゃないでしょうかね。彼は普通の意味での思想的な小説家じゃない。いろんな思想的な体系を小説の中に書きこむというふうじゃなくて、思想をつくる思想に集中してライトを当てた作家ですね。そこのところがおもしろいんで、つまりトルストイと対照的な意味でのドストエフスキーというかな。トルストイというのは思想をもった人間をまるごと書くわけですね。人間がどういう思想をもったかを書くんですね。ドストエフスキーというのは人間を動かした思想そのものを描こうとするわけでしょう。これはメレジュコフスキーの「トルストイ・ドストエフスキー論」だけれども。

谷川　観念を擬人化し、具体化しますね。

鶴見　夢野久作はむしろドストエフスキー的なんですよね。『人の顔』というのがありますね。これは母親の姦通を書いている。小さい女の子が母親に連れられて歩いて行くと、道の壁が顔になるわけですね。空に星がある。その空が顔になるわけですね。ああいうパーッと風景の中に浮かんでくる顔なんていうのは一つの象徴ですよね。ああいうもののとらえ方おもしろいですねえ。

多義性の象徴

谷川　思想というものは、やはりああいう形で出るわけですかね。思想も原形としてはそういうふうに、記号化しない、文字化しない、論理化しない形で、一つのイメージとして出てくるというんですか……。

鶴見　金太郎アメがあるでしょう。横から見るとでかくて、いろんな彩色がしてあって、いくらポコンと割っても金太郎の顔が出てくるという、そういう構造があるでしょう。そうするとその顔とむきあって断面において見るようなところが夢野久作にはあるわけですね。その人間がある執念をもって生きていると、何を見てもそのイメージが重なって出てくるわけ。その対象そのものの性格というよりも対象と主体的にかかわる自分の姿勢なんだな。その主体のもっている図式がペタッとハンコのように何の上でも押されていくわけですよね。そのようなものとしていかなる人間の生涯をも書いていくというのが彼の方法じゃないかしら。

谷川　それはおもしろいですね。確かに手形みたいなものが彼のすべてにくっついていますね。気味悪いほどですね。

鶴見　その手形を押すことのできる人間だけに彼は興味をもった。その興味の持ち方というのは実は杉山茂丸譲りなんだ。杉山茂丸著の『百魔』というのはそういうものなんですよ。魔人とは何かというと、何やってもその仕事にバーンと自分の手形を押す人間のことなんですよ。だから成功も失敗もない。明治以後の最も成功した人間を百人書こうなんて、そんな考え全然ないわけだ。ある人間は気違い同様で死ぬ。ある人間は木賃宿で死ぬ。そんなことはどうでもいいことなんだ。彼が魔人であったかどうかだけが杉山茂丸の興味の対象で、有名も無名もないし、上昇も下降もないんだ。自分のこの生きてきた明治以後の暮しの中で、魔人をどんどん、どんどん書いていったわけだ。それが『百魔』でしょう。その観点は夢野久作に継がれていますね。

谷川　彼の作品のもつエネルギーは非常に高いと思うんですね。それはいま言われたような魔人というのか、エネルギーの高いものだけを作品に凝縮しようとして、低いものは凝縮しないんですね。ネガティブなものはきわめて少ない。

鶴見　短い作品が意外に活力があるんだな。で、失敗したときもおもしろいんだ（笑）。

谷川　失敗作の中に尻尾が出ているというか、彼の端的な手法の手つきみたいなものが見えますね。

鶴見　私は『少女地獄』だっておもしろいと思いますよ。ウソばっかり言う看護婦の話、あれおもしろいね。あれはやっぱり魔人なんです。ウソを言うことに生涯をかけた人間なんだ。ウソのためのウソだったんですよ。もう欲得となんにも関係がないわけだな。ああいう人間に対して愛情をもっているんですよね。

谷川　『少女地獄』は夢野の傑作の一つですね。「何んでも無い」「殺人リレー」「火星の女」すべて、少女の体験する不安定の地獄をみごとに描いていますね。あれは少年の地獄ではない。まさしく少女の地獄なんですね。少女の生理とつながる点が、じつにうまく描いてある。夢野は少女の地獄を一望に見渡していますね。

たとえば古代の絵を見ますとね。洞窟壁画みたいなもの、古代の文献だとか考古学的な遺物なんか見るのと違ったものを感じるんですね。あれはどういうわけかということをぼくはいろいろ考えてみるわけですけれども、さっき言われた思想の原形みたいなものは、おそらく出てきた一つのはっきりした形を成した思想と違うんじゃないかというものを感じますね。装飾古墳には朱で船だとか太陽だとか鳥だとかいう絵を描いてありますね。それは『古事記』の感じとちょっと違うんですね。呪術的というか見るものを縛る力がありますね。そういう知識の助けを借りないですむものが知識のもとになるというような、そしてそれは一挙に空間的に展開するということがあるんじゃないんでしょうかね。たとえば活字の場合はずっとAからBというふうに目で追っていきますね。だけど絵の場合は一ぺんに見えますね。そういう通時的というより共時的なものが夢野久作にあるような気がするんです。これは恣意的な考えになるのかしらん。ですけれども、一望に見えるような感じがしますね。

鶴見　そうですよ。それがつまり多義的な象徴なんです。『あやかしの鼓』の初めのところに出てくるでしょう。「あやかし」というのは「ばかす」っていう意味で、それが「綾」という意味とからんでなんとかかんとかっていろいろ出てきますよね。そのいくつもの意味が重なっていって、最後になってくると逆転してきて、愛する女にうらぎられたことに恨みはないといったけど、結局作者は自覚しなくてもそこに恨みが入ってきて、あやかしの魔力をつくったことを自覚する。

言葉の中にある多重的な意味を、Aの中のBで、Bの中にCがあってというふうにたどる。そのことによってその象徴が活力をもってくるわけですよ。そこを分解して解析的に書かないで、活力をもってこんとんとして動いている状態をそのまま書こうとした。

谷川　切り子細工の宝石のように光によってはいろいろ変化する思想の原型。光に当てると青にもなり赤にもなり、あるいは紫にもなるというような、いまおっしゃった多義的なものですけどね。光の反射や光の屈折みたいなものが非常にうまく出ているように思います。

鶴見　人間というのは自分の生活の中にそういう象徴をもっているわけです。その象徴を殺して解剖するという方法をとらずに、その生ける象徴の内側から書いてみようということを、繰りかえし繰りかえしやったわけなんでしょうね。『ゐなか、の、じけん』なんていうのもおもしろい。あれは普通考えてみりゃあなんともいえない変な「一ぷく三杯」のばあさんとかね（笑）。その一ぷく三杯が生ける象徴なんだな。その執念に賭けて、非命に倒れてんですよ。りっぱなんだ。これは〝百魔〟の一人なんだよ（笑）。それが村の外から来た駐在の巡査がついにわからなかった。学者の学問というのはそんな程度なんですよね。だけどもその「一ぷく三杯」のばあさんの立場に立ってみれば、別の世界があるんですよね。自分の首も締めちゃうほどの魔力のある思想があるんだ。「一ぷく三杯」の思想ってそういうものなんですね。生きた象徴を生きたままで明らかにするという、そういう方法を彼は文学に使った。

谷川　いまの定義は夢野の作品をみるとよくわかりますね。

鶴見　そういう理念は、彼のおやじさんが彼なりの右翼政治運動の中でとらえようとした、その政治理念にとっても似ているんです。明治維新のさらにその再維新を考えたわけでしょう。華族やなんかになりきれない、維新を構想し推進した人々の情念を、もっともっとこういうふうに生かしてみたらどうかということを、明治の半ばから大正、昭和とかけてずうっと夢みていたわけだ。それと似ているんですね。

谷川　そのおやじさんのように奔放な行動で発散できなかったことがやはり作品を生み出したでしょうね。行動の禁止は作品創造の母体になることがありますね。

鶴見　そうですね。

〝土着〟の根源的な意味

谷川 ぼくもそういうふうな印象をもっておって、このまえ「思想の科学」をひっくり返してみたら、鶴見さんが宮沢賢治と夢野久作とを並べて書いておられたんで、私の考えと触れ合うような気がしたんですけれどもね。

鶴見 尾崎秀樹とあなたとの対談の中で、あなたが宮沢賢治、深沢七郎、夢野久作と三人あげていますね。あれはおもしろいね。確かに私もその三人というのはものすごく重大だと思うし、それがやっぱり日本の民衆の象徴を、西欧的な目で傍観者としてとらえて分析するというんじゃなくて、それが自分にとりついちゃって、一種の気違いになって演じてみせるという、そういう自在観をもった作家だと思いますね。中里介山も、そこに加えるべきかもしれない。

谷川 まったくの土着の中から生み出された文学が、近代文学の中で西欧教養派をしのぐほどの作品となり得たのは、どれだけ評価しても評価しすぎることはないと思いますね。

鶴見 なるほど確かに夏目漱石は偉大ですよ。偉い作家だと思うんです。鷗外も偉いですよ。しかしその鷗外とか漱石では尽くせないものが、いまの宮沢賢治、夢野久作、深沢七郎にあるんだなあ。

日本の民衆の土着的な象徴というのを自由自在に演じている作家って、名人の能役者みたいなものですね。

谷川　それに、宮沢も夢野も土着からいきなりインターナショナルのほうに――いわゆる国家主義的な意味でのナショナリズムを飛ばしちゃった。土着に執着したから逆にインターナショナリズムというのが獲得できたことを鶴見さんは書いておられたんじゃないかと思うんだけど、それはぼくもほんとうにそのとおりだという気がしますね。国家という中間項みたいなものが抜けちゃって、微視的であるものが普遍的で巨視的なものの中にすすんでいったということですね。

鶴見　そこのところを考えていくと、やっぱり日本の思想史も日本の文学史も石を置き直さないといけないのと違いますか。

谷川　鷗外にはその中間項の国家というものがありますね。鷗外にかぎらず明治なら明治の、大正なら大正の国家意識が、濃い薄いは別として、輪郭として残っていますね。ですけどあの連中にはないんですね、三人とも。そこが不思議だ。夢野は『暗黒公使』なんかで国家意識を非常に出しているようですけれども、官製の国家主義の建物とはまるでちがう。

鶴見　杉山茂丸が『百魔』の中で龍造寺という自分の実弟に向かって、「おまえ、支那（彼は中国という言葉は使わない）というのは、これを相手に戦えば必ず自分が負けるという国だぞ。それを覚えておかなきゃダメなんだぞ」というふうに繰りかえし繰りかえし言うんですね。あそこはやっぱり杉山のおもしろいとこですね。表面的にちょこっと勝ったって結局は飲まれてしまうような怪物性のあるものとして中国をとらえたんですよ。それとどうかかわり合うかは、日本の未来を決定する危機的なものとしてとらえていますね。当時の右翼と昭和に入ってから台頭して日本の実力者になるような右翼との違いというのは、そこじゃないのかな。『ドグラ・マグラ』でも結局さかのぼっていくと、中国の先祖の話になってくるでしょう。あれはおもしろいなあ。

谷川　だから杉山茂丸氏の考え方なんかもそういう家系の遡行意識があるんじゃないですか。

自分の中にある分身

谷川　夢野の文学は一人称の文学だという感じが強くするんですね。「私は」で始まって、ほとんど三人称の「彼」「彼女」という文章がないですね。みんな「私は」というような感じでナレーションがずうっととめどもなく続いていくでしょう。一人称でしか書けない文章家というのは、純文学のほうでかなり低く評価されていたわけですね。ですけれども、こういうような、一人称でしゃべりながら自分をこえていくような世界をここでつくり出しているというのは、いままでの日本の近代文学の常識というのを破っているんじゃないかという気がするんですね。外国に例を求めればドストエフスキーの饒舌に似てますね。そしてまた一人称自体の人格がすれ違って出てくるような場合がありますね。『キチガイ地獄』では、小樽の新聞記者が精神病院に入っているわけだけど、実は自分は大きな北海道の地主かなんかの富豪の養子になっている。あれは人格の転移みたいなものがあるでしょう。だから人格の転移につれて一人称というのが二つに分裂しちゃうんじゃないかということがある。孫悟空が自分の分身をつくるみたいな形で、それがまた分裂するというか、ずっと魂を分けていくんですね。そういう形の一人称複数の小説でたくさんの人物が構成されている。それがやっぱり鶴見さんのおっしゃる魔力に通じていく。折口信夫がしきりに言う「みたまのふゆ」(恩賚)なんですよね。魂を与えていくというか、そういう形で一人称をいくつも分離していく。そういう感じがしますね。

鶴見　「汝のうちに汝の知らざる者を一人たてり」というふうなんです。自分の中に閉じ込められている別の小さい人間がいるわけですよ。つまりそれが原思想なんだ。そうするとある程度別の人間となって出たり、いろんなことをするわけだな(笑)。

谷川　それはたとえば今度の巻に出ている『木魂』というのがある。鉄道自殺するまえに、たとえばA+Bというのが父で、A−Bというのが母であった場合、その掛けたものがA^2-B^2になるわけですけれど、それが自分だ。A+Bだけが非常に強調されちゃうと、A−Bのほうはどうもしょうがなくなっちゃって、自分の中にいにくくて外へ出ちゃうというわけですね。それが自分を呼ぶというわけですよ。そういうようなことを主人公を通じて夢野は言っているわけですけれども、それはやっぱり彼の分身をつくる考えにつながっていくという気がします。

鶴見　それは彼の人生に対する実感だったんじゃないですか。自分の中にいくつかの分身があって、それが何をするかわからない。

谷川　ええ。ですからたとえば能みたいなノーブルな檜舞台なんかを踏むかと思うと、土方の仕事もしていますしね。

鶴見　若いときにそうやってうちを出たりなんかして一応したい放題のことをやったというこ

とは非常によかったんですね。

谷川　アメリカの文学史をよみますと、アメリカにかぎりませんが、向こうの文学者の連中というのは、そういう体験を若いときいろいろやっていますね。ところが日本では、大学の文学部を出て、それからそのまま学校の教師になって、小説を書くというような、実生活と触れ合わない小説家が多いんじゃないですか。

鶴見　その点大衆作家というのは違うでしょう。江戸川乱歩なんかそうだし、山本周五郎……。だいたい大衆作家というのは経歴が非常に多彩ですよね。長谷川伸だって土方やってたでしょう。

谷川　それが今度は逆にどうして純文学までいかなかったかということがまたふしぎですがね。大衆文学の側でのそういう体験がちっとも生かされなかったことですね。アメリカの文学者のもつようなすぐれた作品を生み出しえなかったということが不思議なんですけどね。

地方分権の思想的意味

谷川　鶴見さんのお書きになった「ドグラ・マグラ論」ですね、あれは『ドグラ・マグラ』というのを思想的な次元に引き直して、拡大して投影した感じがあるわけです。

たとえば脳髄はものを考えるところにあらずというところから、地方分権というようなものを類推されたり、これは夢野久作の奔放さに匹敵した鶴見俊輔の意表をつく奇抜な久作論みたいな感じで、たいへんおもしろく拝見したんです。夢野久作についてああいう説をたてた人はまずありませんですからね。さらに敷衍してお考えになるとすればどういうことになりますか。

鶴見 それもあの論文を書いてからあとで考えると、いがいに杉山茂丸のビジョンに近いんじゃないかという感じがとってもしてんですけどね。杉山茂丸という人物は、日本の民族が、日本人全体が一種の脳髄になって、「骸骨の黒穂」みたいなそういうふうな象徴を媒体としてお互いに感応しあって、要するに活力を高め合って、一緒にものすごい事業をしてみたらどうなるかという、そういう賭けをしてみたかったんじゃないんですか。華族も平民もあるものか、上がったり下がったりしながらというふうにやって、何かを世界の舞台で一つやると。それがやっぱり中国と提携し、さらにはインドというふうな、アジアに対してそれを解放するという方向で、世界の状況というのを書き換えるようなね。日本が冠たる国となってじゃないですよ。そこが杉山茂丸のおもしろいとこなんだけど。そういうようなしかたで日本の人民が一つの頭脳として活躍したらどうなるか。そいつをやってみたい。そのためにはいまの固定した社会秩序というのはダメなんで、徹底的にかくはんしてやっていきたいという考えがあったんじゃないかな。その個人の頭脳はものを考える場にあらずという考え方は、杉山茂丸流の一種の右翼思想の根底にあるもののような気がしますね。ネーションが考える場……。

谷川 それはこういうことでもあるわけですか。動物の中でからだの一方は切られてもまた一方が再生していくのありますね。東京がやられてもなお地方が健在であるとか、どっかの地方がやられてもどっかがまだ残っている。いまのベトナムあたりのゲリラ思想なんですね。そういうふうにどっか部分が死んでもどっかの部分は生きているんだという考え方ですね。そうしたいわば平民主義みたいなもの、そういうものと考えてもいいわけですか。

鶴見　そうでしょう。そういうものがあったと思いますね。

谷川　首都を占領されればもう負けだとか、もうダメだという観念でなくてですね。

鶴見　高等官僚がビルディングの中にいる。中央政府そのものがこのネーション全体として考える場所にあらず。そういうのは破壊されてもまだ動けるわけだ。そこが右翼思想なんですよ。それがおもしろいんだな（笑）。いや、そうなると右翼も左翼もないいんだけどね。そこの混沌としたところがおもしろいんだ。

谷川　地方分権というようなことは、自由民権の基本になるという考えがあるわけですね。

鶴見　権藤成卿なんかに似てくるかもしれない。右翼とも左翼ともいいようのない種類のある種の人民自治思想なんだな。それがあるんですねえ。

谷川　それに対して、たとえば正木敬之氏が一方を代表しますし、その反対の若林鏡太郎ですか、これはファシズムにつながるようなお説のようだったですね。

鶴見　そうですね。あれは統制派でしょう（笑）。

谷川　あれは話があまりにもできすぎているようなところもあったんですけれども（笑）。あれは細かく考えてみますと、あの子供というのは若林氏の子供なのか正木氏の子供なのかわからないわけでしょう。それが若林氏は自責の念がなくて、正木氏のほうに非常に罪の意識が強いですね。そういうものがいまおっしゃった官僚制からファシズムにいく線と……（笑）。つまり知られる罪と知られざる罪というと、知られざる罪のほうをひきうけていくという考えが正木氏にあるという、そういうヒューメインな感じは確かにしますね。

鶴見　『ドグラ・マグラ』のパターンでいけば、やっぱり官僚エリートというのか、中央政府が、その民族の考える、人民の考える場所ではないという、そういう政治思想につながりますね。私は夢野久作全部読んで、至るところでそれ感じるんですけどね。杉山茂丸と夢野久作は非常に近いなあ。

谷川　ぼくなんかはむしろ杉山茂丸と夢野久作というのは倒立した形で、順接じゃなくて逆接しているというような感じを強くもっているわけですけどね。きょうの鶴見さんのお話を伺っていたら、逆接が順接のほうにいくらか角度が近づいていっているわけですが（笑）。それは茂丸氏についての知識がさっきおっしゃったようにまだ未発掘ですから、その全貌が明らかにされていないかぎりは、夢野久作論というのも未完成だということはわかってきましたね。でもその土着性みたいなものは、これは一巻の対談でも、二巻でも出てまいりましたけれども、ぼくは九州ですからあんまり感じないんですね。その土着性だとかドロドロしたものだとかいう、まあ当世風の言葉なんでしょうけれども。

鶴見　横尾忠則のポスターのように猛烈なドロくささが煮つまってきましたからね。いまとマッチしているんじゃないですか。それが夢野久作全集が売れる理由じゃないかな。横尾忠則の世界と似てますよ。近親相姦があるし、非常にモダンだし、しかもモダンというのはヨーロッパに追随するものじゃないでしょう。自分の中にあるものから出てくるでしょう。やっぱり歴史は一巡したんじゃないかな。

近代の超克

谷川　『ゐなか、の、じけん』、どんな感じされますか。

鶴見　『ゐなか、の、じけん』の「赤玉」なんていうのは私はとっても好きなんですがね。(『斜坑』ともちょっと似てますね。) 兼吉《かねきち》という友達が自分を毒殺しようとした。十両の金が原因なんだけども、どっちが貸したか借りたかわからない。そういうあいまいな象徴というのが全部あって、それが人間というものの生き方を決定していきますね。どんなさいの目が出るかわからない。そういうあいまいで逆転可能な人間関係がよく書けている。彼を殺したのは正しいと思っていても最後になってちょっと目が狂うと別の意味が出てきてね。「ああ、自分が死刑になるべきだった」と思うでしょう。そのドンデン返しがおもしろい。そうかと思うと古鍋のシンボルが出てきたりね。醜い後家さんが自分を妊娠させた男だといってかばって、そしておそらくそのことをタネにして自分の娘婿と関係を迫るんでしょうね。その圧迫に耐えかねて娘と娘婿は逃げちゃう。

谷川　あれは義侠心的な面もありますね。つまり外側に向かって、娘婿と自分とは関係があるんだということを思わせる。

鶴見　義俠心のシンボルが逆になって内ゲバ的な作用を起こして、そのために自分は捨てられて、絶望のあまり今度また自殺しちゃうわけでしょう。三つのドンデン返しなんですよね。それはやっぱり近代的な考え方というものに対する一種の批判だし、日本の偉い役人のとらえた民衆像とも違うし、日本の新聞のとらえた民衆像とも違うし、日本の大学の学者のとらえた民衆像とも違う民衆の姿というのがそこに描かれているでしょう。『空を飛ぶパラソル』もそうだ。

谷川　違った論理がありますね。網の目からこぼれているロジックですけれども。

鶴見　それをバカにしてないわけですよ。この中に彼は生きているわけだ。迫力のある……たいしたものだと思いますがね。私はあんまり有名でもないこの『ゐなか、の、じけん』とか、『少女地獄』の中の「火星の女」とか、それから『骸骨の黒穂』とか、ほとんどはそういうものにとっても感心しましたね。

『キチガイ地獄』もおもしろかったな。やっぱり近代的な自我ということをくりかえし明治末からの日本文学はいってきたわけだし、戦後の近代文学もいってきたわけだけれども、そういうものの行き詰まりを夢野久作は見ていたし、非常に封建的で近代的自我以前だといわれていたようなそういう状態で生きる日本の民衆は、それぞれ自分の考えをもったし、自他の区別をこえてお互いの自我の交換をするわけだな。それでいろんな誤解やなんかあるわけだけども、一緒に何事かやっているわけですよ。そこの思想を書きたかったんじゃないですかね。そういう意味で夢野久作の文学は近代的自我の文学と対立するものだと思う。ある意味で近代の超克の文学でしょうね。

文学史の書き換えを迫る

谷川　つまり近代的自我という点から押し切るんじゃなくて、多極的な思想の共通の根源をつかまえるという点から「思想の科学」で、鶴見さんが取り上げたわけですか。

鶴見　ああいうかけがえのない位置を世界の文学史の中に占めている人間が、戦後に書かれた日本文学史の中でさえ、たしかな位置を与えられていないということに対する憤慨ですね。だからやっぱりここで一肌脱いで擁護しなきゃいけないというヤクザの考え方だな（笑）。

谷川　で、鶴見さんが夢野久作を一応紹介されてから、そのあとで森秀人氏なんかがかなり言い出しているわけですね。

鶴見　そうですね。専門の文学研究者は夢野久作をあまり評価しないということを今言ったんだけど、近ごろになってみると、夢野久作の好きな人間というのがいくらかいるわけですね。森秀人もそうだし、加太こうじが『氷の涯』というのは実に発表当時から好きで、大衆小説の傑作だということを言ってたし、それから多田道太郎がそうなんで、何人か夢野久作ファンというのを発見したわけです。だからやっぱり非常に人を強くつかむ作家じゃないんですか。一度読んだら忘れられないという作家ですね。

文学史として考えてみても、やっぱり日本の近代文学の歴史からはみ出した人間でしょう。こういう別の文学の可能性というものがはっきりあったということをちゃんと中に入れて文学史を書き直したら——夢野久作が入るような文学史というのは、文学史そのものの質がもう変わっているると思うんですよ。単に夢野久作一人だけおとしたから一人分だけ書きくわえるということにならないと思うんですよ。この一人を押し込むことで全部の状況が変わるというふうな、そういうものだと思うんですよ。

谷川　そういう一つの未来の文学史をいまから想像してみたら、どういう文学史になりますかね。夢野久作一人を押し込むことによってぐうっとポイントが変わっていって、路線が変わるということになりますとね。たとえば第一巻でぼくは小泉八雲なんかのことを言ったんですけれども、鶴見さんのほうの小泉八雲に対する関心はどういうところにあるんですか。夢野久作と交錯するというものじゃないわけですね。

鶴見　交錯はするでしょうね。つまり物活論みたいな思想を遅れた思想としてとらえなかったわけですね。そのために小泉八雲は、日本をエキゾチックなものとして愛玩するのじゃなくて、自分が求めてきた救いにかかわるものとして日本をとらえているでしょう。そこがおもしろかったわけですけどね。夢野久作も、日本人が本来もっていたいろんな象徴なんかありますね、そういうふうなものを近代以前のものとして捨てるっていう考え方じゃなかったと思うし、小泉八雲と一致するところが非常にあるんじゃないですか。

谷川　非常に古い、もうほとんど記憶のできないような昔の記憶というようなものが痕跡として残って、それが活動しうるというか、死んでしまっていないというようなところが両者にありますね。そういう信仰みたいなものがですね。それは、ちょっとくりかえしになりますけれども、日本のロマンチシズムというものの有力な定義じゃないかという感じがぼくはするんですよね。ロマンチシズムというのはそういう昔の記憶が再生によって、また生れ変わりによって、最後まで続いていくということですね。

鶴見　書かるべき文学史というのは、坪内逍遙、二葉亭四迷では始まらないでしょう。結局明治以前と明治以後を切って書くんじゃないような、いままでのように切断しないで、前のものの活力がどういうふうに明治以後の文学史の中に現れたかということが、はっきり現れてくるような種類の文学史でしょうね。

谷川　ですからおそらくそういう意味で、どうしても明治で切るわけにいかない。異常者のもっている文学みたいなものですね。それが民衆の中で非常にある意味じゃ残酷な、しかもある意味じゃ哀切な物語を形作っている。それが底流になって流れているんじゃないかと。それは少なくとも茂丸にはそれが伝わって、そのおやじから受け継いだ形として夢野にも伝わっている。

鶴見　『ドグラ・マグラ』の先例は、私には思い浮かばないんですが、誰かそういうものをたどった人いるのかしら。ああいうふうなものは日本の文学史としては前例がないような気がする。またヨーロッパの文学史の中でも前例があるかどうか実に疑問だと思うんですね。ＳＦの歴史なんていうのを見てても、ジュール・ヴェルヌなんていうのはフランスで非常にはやった形式なんですけれども、これはいまの月世界探険。あとはハックスレー、それからジョージ・オーウェルみたいなものにいくとかね。まあH・G・ウェルズが間にいて『タイム・マシン』なんていうのあるわけだけど。『タイム・マシン』と『ドグラ・マグラ』というの比べてみても、『ドグラ・マグラ』のほうが深さがありますね。曼陀羅ですね、『ドグラ・マグラ』は。

谷川　ヒンズーあたりの芸術作品がありますでしょう。ベタ一面に彫刻しまして、どこが始まりでどこが終りかわからないような物語が壁面にズラーッとレリーフで彫刻しているのありますね。インド芸術に。ああいうものを感じますね。

鶴見　インドもそうだし、メキシコもそうだし、アメリカインディアンもそうだが、メスカリンとか、ペイヨーテとか、LSDを飲んだ世界なんですよ。どうしてこういうところへくるんだろう。おそらく夢野久作は麻薬を使ってなかっただろうと思うんです。にもかかわらず感覚がそういうところへくるわけですね。やっぱり坊主であって放浪したときの体験じゃないかと思うんですけどね。

それこそ寒山とか李賀とかそういう中国の詩の中にもあるし、インドのヴェーダやなんかの古典の中にもあるし、仏教の古典にもあるしというふうな意味では文学史の中には前例はあるんだけれども、ヨーロッパの近代に下って生れた小説としては、前例がないし、欧米の二十世紀の様式としてのSF小説としても前例がないような何かをここで書いているんですよね。不思議ですね。西欧的日本の小説史では前例のない作品がここにポコッとできたということじゃないですか。

(『夢野久作全集3』一九六九年八月三十一日)

II　埴谷雄高の世界

虚無主義の形成——埴谷雄高

一　転向によって見えてきたもの

埴谷雄高の転向は、転向について日本の国家権力の側から書かれた歴史、転向について反権力の立場に立って日本共産党の側から書かれた党史のいずれの記述・評価をも排除し、あくまでもある時点における一回かぎりの自己の転向に固執し、この転向を自己の立場によって記述し、評価することから、逆に日本の正史および前衛党史の転向観の中にふくまれる哲学を全面にわたって批判しようとする試みとして、重要である。ここには、転向観をいとぐちとして、認識論、社会哲学、歴史哲学、政治哲学、組織論、形而上学、美学、創作にむかってひらかれてゆく、単一の軸によってささえられる多面的な思想体系の構築が見られ、また、自己の実感の分析・評価をとおして普遍的な理論を生もうとするいわゆる実感主義の方法論の持続的展開が見られる。埴谷の転向は、昭和はじめの急激な革命化の可能性の信仰の挫折によって生じる一九三三年（昭和八年）前後の日本共産党員の転向として、西洋哲学の教養を中軸とする大正・昭和時代の日本の知識人の転向として典型的であり、この意味で埴谷の転向を考えることは日本共産党論および日本知識人論のいとぐちとなる。また埴谷が昭和八年の転向体験のうちにすわりつづけるという行為(あるいは無行為)によって、第二次世界大戦後の思想運動の視点を用意したことから、埴谷の転向について考えることは、戦後の日本思想について論じるいとぐちともなる。さらにまた、もっと長い思想史の枠組において、日本のニヒリズムの形成の一つの頂点としてこの転向を考えることもできる。(1)

埴谷雄高は、本名般若豊《はんにゃゆたか》、本籍は福島県。一九一〇年(明治四十三年)台湾の新竹《しんちく》に生れ中学一年まで台湾に育った。一九二七年(昭和二年)日大予科に入学。一九三〇年(昭和五年)退校。日本共産党農民部に所属、四・一六以後の労農同盟有志団の後身である全農戦闘化協議会の機関誌「農民闘争」内の日共フラクの責任者となる。「三一年テーゼ草案」(「赤旗」連載、主として、風間丈吉が書いたが農業問題の部分は岩田義道筆)の発表にさいして、党組織をそれまでの小作人組合よりもひろい農民層にひろげるために、農業綱領を「農民闘争」でひきうけ、農業綱領の起草に参加。この仕事は後に野呂栄太郎を中心にするようにきりかえられ、やがて資本主義発達史講座の中にくみいれられた。

一九三二年(昭和七年)三月検挙。不敬罪および治安維持法によって起訴。翌年転向。(2) 一九三三年十一月出所。経済雑誌社に勤務、「新経済」を編集。一九三九年(昭和十四年)発行され、一九四〇年（昭和十五年）の七号までつづいた同人雑誌「構想」に参加。戦時に入ってから、レンギル著『ダニューブ』（一九四二年）、ウオルィンスキー著『偉大なる憤怒の書』（一九四三年）の翻訳を出版。また一九四四年（昭和十九年）に宇田川嘉彦という名で『フランドル画家論抄』を出版した。

一九四五年、終戦後ただちに荒正人、小田切秀雄、佐々木基一、埴谷雄高、平野謙、本多秋五、山室静の七名で同人雑誌を計画。十二月三十日「近代文学」創刊。同誌に小説「死霊」を連載。未完。(3)

転向にもっとも近く書かれたものは、「洞窟」（「構想」創刊号、二号、一九三九年）という小説と「Credo Quia Absurdum」（「構想」一－七号、一九三九－一九四〇年）の連作であって、これら二つが敗戦前の埴谷雄高の全作品である。これらをとおして、転向体験の中からうまれたヴィジョンの最初の定着を見よう。

それぞれの人にとって、独自の根源的比喩（ルート・メタフォー）があり、それらを操作することによってらくらくと空想をめぐらしてゆくことができる。根源的比喩の性格が、それぞれの人にとっての思想発展をあるていど方向づけるということもある。

埴谷雄高にとっての根源的比喩は「洞窟」と「Credo Quia Absurdum」にすでに出そろっている。これらのカタログをつくって見ると、

(1) 考える姿勢について

〈洞窟〉——考えるという行為についての自己表象は、人によってかなりちがうものである。呼吸をするという安らかな運動の意識を、思索のリズムそのものと混同して理解している人もあり、この見方をとる人にとっては、カントの自己意識とは実は自己の呼吸の意識ではないかという解釈がたてられ得る。その反対に、重大なことを考えるときには、一しゅん呼吸をとめるという人もあり、あとの人の場合には、「自分は呼吸をとめた——故に考えている」ということになろう。考えるときに、すわっていられないで歩く習慣のある人にとっては、「歩く」ということが考えるということであろう。映画館の群衆中でしかいきいきと考えられない人も、これからは出てこよう。埴谷雄高にとっては、考えるという行為は、群衆から隔離された小さな洞窟の中で坐っているということであり、壁にむかって坐り、壁をとおして外界を透視するという行為である。かくして彼の中に、〈洞窟〉の類語として〈蜘蛛の巣のかかった部屋〉、関連語として〈透視〉〈坐者の思想〉などがうまれる。

「幅が四尺五寸、奥行きが九尺ほどの灰色の壁に囲まれたその部屋にはいると、扉の掛金が冷たい鋼鉄の敲ち合う鋭い響きをたてて、背後に閉まつた。青い官給のお仕着せをきた私は、その薄ら寒い部屋のなかに敷かれた一枚の畳の上に、ゆつくりと坐つた。鉄棒がはめられた四角な窓から、青い空が見えた。これが牢獄なのだな、と私は思つた。四角な窓から覗かれる青い爽やかな空に灰白色の光が拡がり、それが次第に薄鼠色の翳を帯びて暮れかかつてくるまで、数時間、私は凝然として端坐していた。そこへいれられたばかりの私は、読むべき本も、為すべき仕事も持つていなかつた。私は端坐したまま、眼を閉じて自身を覗きこみ、また、眼をあけて眼前の灰色の壁を凝視した。ときおり、頭上の四角な窓から白い光と目に見えぬ風が走つている遠い虚空を見上げた。薄闇が這い寄つてくる宵、この建物の広い区劃から離れた遠い何処かで、号外を知らせるらしく走つている鈴の金属的な響きが幾度か聞えた。五・一五事件の日であつた。

私の記憶には、この入所第一日目の印象は、色が褪せかかつてはいるもののなお輪郭を喪っていない一枚の古い絵のように、遠い向うに薄光をはなつて沈んでいる。」(4)

この豊多摩刑務所の未決囚の独房に二十二歳から二十三歳にかけての一年半をおくったこと、そこではじめて、本が数冊しかないままに、またそれまでよりどころとしていたマルクス・レーニン主義の文献のないままに、自分で考えることをまなんだことが、彼にとっての思考のスタイルを決定した。

もう一つ、加えておかなければならぬことがある。それは病気だ。未決監にいたときにも、肺結核で病室にいれられているが、釈放されて後にも、病室が彼にとっての想像力のはたらく孤独の場所となり、〈洞窟〉や〈蜘蛛の巣のかかった部屋〉となった。病気は、カリエス、心臓病、精神分裂質の症状と、さまざまの種目でおとずれる。

病室における思索は、独房における思索とちがって、「坐る」という行為よりも「寝る」、「横臥する」、「不眠」、「夜ひとりさめている」という行為の形をとり、独房における思索の成功が壁をこえての「透視」という形でえられるのに対して、病室における思索の成功は、「安静」、「ねむり」そして「ねはん」の形でえられる。このようにして思索の目標に何種類かができる。

病気にしんしょくされながら、じっとたえている状態は、次のような根源的比喩を生む。〈化石〉、〈石〉、〈風化作用〉、〈風〉。

「――圧された植物が化石となった風貌を、窺はう。

……われ嘗てほのぐらき翳りのうちに、圧しおされし植物の化石となりし風貌をひそかにうかがひけるに、そこはかとなき呟きの畳句《ルフラン》となりて、あたりに木魂するを聞きたりき。

《わが死面もまた自然へあたへるかぼそき平手打ちなりしか》(5)」

さまざまの病気のうち、精神分裂質の病状と心臓病とは重要である。分裂質の気質は、埴谷にとっての思索全体をひたすムードを規定しており、心臓病は、埴谷にとって思索へのいとぐちがどういうふうにひらかれるかをあらわしている。

「鼓動に微かな異常が起つたとき、彼はさつと耳を澄ます。その瞬間から、もはや彼は耳を傾けて、内部を窺う以外に何も出来ないのである。だが、何も出来ないのは、窺つている方ばかりではない。窺われている内部も、もはや鼓動を敲つ以外に何も出来ないのである。そこでは、私が真二つに裂けてしまう。私が耳を寄せて窺つている下には、単なる器械に過ぎない私が足をのばして横たわつているのである。

横たわつた自身の軀に寄りそつている精霊の図は、屢々、ブレークで見たことがある。けれども、精神である私が一つの器械である私とまつたく無縁であるという恐怖については、恐らく幻想的なブレークも知らなかつたと思われる。この不安と恐怖は、心臓に発作が起るものだけが知悉している世界である。皇帝ジョーンズは、薄暗い森の彼方で敲つている太鼓のリズミカルな響きに不安を覚える。これは、私達が一つの器械であることを予感する最初の不安であるが、心臓病の患者は、さらに進んで、一つの時計のぜんまいが切れた瞬間の恐怖、これをより大きく云えば、宇宙の運行を司さどる法則に一つの攪乱と混沌が起つたときの恐怖へまで踏みこんで、壊滅と暗黒に覆われたすべてを最後まで味わいつくさねばならないのである。[6]」

このような病苦を起点として思索という運動がはじまるということが、埴谷にとって、思想はつねに悪であるという根源的比喩を成立せしめる。存在はできれば、みずからを忘れさってしまい、意識をともなわない状態にかえりつきたい。そこに、「啞で白痴で美しい静かな娘」の根源的比喩がある。だが存在は未だ終極にゆきつかず、たえざる病苦を生み、われわれは存在の病である意識をもって、存在と対決せざるを得ない。そこに、悪による悪にたいするたえざる闘争がよぎなくされる。それが、思索である。

「——凡てが許されるとしても、意識のみは許されることはあるまい。この悪徳め！[7]」

「——地獄の槍に貫かれても意識はある筈であらう。それがありさへすれば。[8]」

(2) 存在について

〈唖で白痴で美しい静かな娘〉

「唖で白痴で美しい静かな娘――しかもそんな娘がすやすやと睡つてゐるやうな調和がそこにある。恐らく太古以来、自然はその本来的な流れによつて、そんな風に誘つてゐるのかも知れない。(9)」

そのさそいは自然のからくりによって生れる一種のまぼろしであり、このまぼろしを拒否することが、意識が自己に課する任務である。こうして意識は、自然に対立し、これを一ミリくるわせることをつねに指向することができる。

(3) 空間について

〈彷徨〉、〈遁走曲〉、〈ゆれる宇宙〉

「《酔へる身を広大なる空間にさまよはすものには、やがて宇宙の意識が意識されよう。》

さて、悪しき宇宙の遁走曲に聴きいるがよい。もてあませし自らへ遁れ行く宇宙の遁走曲に――。(10)」

心臓の故障からめまいが起り、めまいの中に宇宙の像がいくつにもだぶって感じられ、このとき、おなじ空間を占拠しながらも、幾種類もの宇宙がだぶって存在し彷徨しているのを感じたと言う。この感じ方は、やがて埴谷雄高の文明論の重要な発想源となる。

(4) 時間について

〈破局〉、〈円環〉

「云ひ得るなら、まるで放心してゐるときに、不意に、自分でも何をしてゐるのか知らず、思はず飛んでしまつたのであつた。足が地へついた時に、ぱんと予期してゐない程のすさまじい響きがして、その瞬間に足がをれた。（中略）倒れてしまつてからも、この行為について以前に目論んでゐたその考へなど少しも想ひ出さなかつた。それどころか、奇妙に幸福なことを考へてゐた。どんなことを考へてゐたかは憶えてゐない、然し、非常に幸福な気持の中に、凝つと眈つてゐたことは確かであつた。その幸福の気持と云ふものは、何んと云つて好いか、非常に平静で、円環のやうに無類に完成してゐたもののやうに憶えてゐる。驚き集つてきたかなり多くの友達たちが頭の上のあたりへ円くかぶさり、がやがや話したり、心配げに覗きこんだりしてゐるのに、凝つと動かないで仰向けに寝ながら、独りきりだと、はつきり感じたのであつた。それ以後に於いても、それほどの幸福を味はつたことがなかつた位なのであつた。」[11]

時間の流れの先に破局があり、その破局の瞬間（あるいは破局を予想する瞬間）の中に円環的な時間全体のイメージが完成する。このようにして、破局が同時に調和になるというとらえかた。埴谷はやがて、共産党の組織を批判するしるべとして、「未来からさしてくる光」を語るようになるが、円環的時間のサイクルのなかでは未来も過去も同一のものとなる。現在の社会組織を批判する規準は、埴谷にとって、過去の自分の転向事実の意味をくみあげることにあるとともに、無限のかなたにおかれる未来の無階級社会のイメージの意味をおしはかることにもある。

(5) 論理について

転向体験——暴力による自分の志の屈服——は、被害妄想をうみだす。もうこれからあとは、バラ色の理想とかはったりのようなことは決して言うまい。確実なぎりぎりのことだけを言おうと思いさだめる。確実なものとは何か？　それは、自分から出発して自分にかえるという思索のサイクル。「自分は自分である」「自分の観念であるこのAは、自分の観念であるこのAである」こういう自同律によって正しさを保証される命題だけがのこるはずだ。だが、このように言いきること、それにさえ何かためらいを感じる。

「——薔薇、屈辱、自同律——つづめて云へば、俺はこれだけ。」(12)

「私が《自同律の不快》と呼んでゐたもの、それをいまは語るべきか。」(13)

〈微光〉

しかし、自己同一律のたえざる確認の場所でしかない独房・未決監にも、あかりとりの空があり、間接に、外界からの光がさしこんでくる。この微光に仮託して、獄の外にしばらく出て見ることはできる。

考えるとき、語をえらぼうとして、主語と辞とのあいだでしばしばためらうとき、やがてえらばれざるを得ないただ一つの語の他のひしめきあう無限の語群、同一律の論理的確証をぎせいにして、いっきょに、これらの語のどれかにとんでみるか。しかし、このようにして得られた一々の断定は、言い終ると同時に虚偽であることが、すぐさま自分に理解される。そこで、嘘は嘘として言いきってしまうという方法がうまれる。この考え方が、やがて『死霊』の創作をうながす根本の理念となる。

「さて、断定と同一瞬間に現はれる反対意識の強さを嚙みしめつゝ、自身へ見展くこのPersonatus の痛々しい瞳に見入るがよい。[14]」

完全なる懐疑主義は、論理的自己ムジュンをふくむと言われている。しかし、AはAであるということをうたがわしく思い、AはAであることをうたがわしく思うということをうたがわしく思う——という懐疑の無限の連鎖の形で、徹底的懐疑主義の立場は成立し得る。ある命題成立前の一瞬の感情の中に、停止した形で、このような徹底的懐疑主義が成立することがあり得る。埴谷雄高が、二十歳の青年共産党員としての完全な信仰主義への反動として、二十二歳の未決囚として徹底的な懐疑主義の論理と修辞に思いをひそめたということは興味がある。

「他に異なつた思惟形式がある筈だとは誰でも感ずるであらう。何処に？ その頭蓋をうちわつてゐる狂人を眺めてゐるかのやうな表象を私はつねにもつ。」

「——《動かしてみよ。その微光する影がわかるぞ。[15]》」

〈論理の涅槃〉

その微光をつとうて窓の外に出て、生れ得ざるあらゆる思惟の可能性と共にあるとき、〈論理の涅槃〉の状態が得られ、これが一つの美的、論理的目標となる。

(6) 論理について

〈ぷふい〉

〈論理の涅槃〉はそれじしんが一つの倫理的なゴールとなる。つまり、あらゆる種類のたがいにムジュンする判断・行動・事件がたがいに交錯しておかれ、そのまま放っておかれる状態。これが、そのまま、悪いといえば悪く、善いといえば善いと、同時に二重の価値側面において評価される。何が起ってもおどろかず、「すべて善し、すべて悪し」と見る無敵戦法というものをあみだす。これをまた一言に要約すれば、〈ぷふい〉という言葉になる。

「——ほれ、展いたぞ。ぷふい！　それはそれだけで、既に意味がある。(16)」

非合法時代の共産党の中心部にあって「農業綱領」起草にあたった当時は、一日二十四時間を二十四時間として使ったこともあると言う。正しいと信じる一つの方向に最大速度で進むために、自分を各種のタガでしめて流線型の戦闘的行動者にしたてたが、今や独房にこもり行動の望みをたたれ、タガをといて自我の各部分を散乱するにまかせる。他人についてもまた、かぎりなく寛容な態度をとる。

「——《あんたみたいなとりとめのないひとはゐないわ。それがどちらにせよ、それぞれ理由があるんだもの。(17)》」

この態度がそのまま、東洋思想の正統につながっている。そこには、「愛」から区別されたものとしての〈慈悲〉、悪徳ではなく美徳としての無関心、脱却、悟りがある。

「——あの人の云ふ慈悲はまるで違つたもので……愛は、せいぜい生命のあふれた所へまでですが、慈悲は、何と云つて好いか、森羅万象、全宇宙に及んでゐるのでして。——空中にまで慈悲があります。（男は自身でもまごつき考へてゐるやうであつた。）あの山は何んと云ひましたか、霊鷲山でしたか、山の石段が自然のままで截りも加工もせずに置いてあると云ふ話です。つまり、自然のままなのです。破壊をしないのですね。よく仏画にあることですが、貴方、御覧になりませんか、釈迦は果物の下で掌を例の通りなにか捧げる風につき出してゐます。落ちるまで待つてゐる訳なのでせう。（男はさう信じこんでゐる風であつた。）わたしにはよく解らないけれども……空中にまで慈悲があると云ふところに気を牽かれました。[18]」

「——生と死と。pfui！[19]」

(7) 美学について

〈影〉、〈暈翳〉

マルクス主義の美学におけるように、言葉の意味を、その言葉の指示する対象との関連においてとらえず、言葉をわれわれが対象指示につかう時、言葉の意味にさまざまの影が生じる。その影に美しさと表現価値とを認める。このような美学、芸術観はマルクスおよびエンゲルスの主張とうらはらのものになる。この問題には埴谷の創作の哲学をのべるときにふれる。

「——《それ自身宇宙であるやうな賓辞の乱用。影に herumtappen する影。[20]》」

確実性ある論理（あるいは「正常論理」と埴谷がよぶもの）の構築になやみ、あき、あきらめて、論理を素材として美学的な目的のために転用する。

「反対と矛盾。私はその観念について考へ悩んだ。考へ悩んだあげく私はその観念を濫用した。

謂はば私は絶望のアラベスクを織つたのである。[21]」

(8) 世界観

〈死霊〉

さまざまな可能性の中の一つとして現実がある。可能性の広大な組織の中でやや濃くうつっているものとして、可能性の海の中の一つの浮島として現実を見る。すると一個の現実に密着して、そのすぐ背後に、実現しなかったあまたの反事実があるいていて〈pfui〉といっていることになる。この私語がきこえてくる視点が、「こうなり得たかもしれぬ」という悔恨に夜ごとにさいなまれる転向者の視点である。

「魔の山の影を眺めよ。悪意と深淵の間に彷徨ひつつ宇宙のごとく私語する死霊達。[22]」

それらの死霊たちは、自分たちを生かしてくれなかった宇宙を裁くプルーラルな視点を提供する。

「――宇宙の責任が追求されるとき、ひとは形而上学に或る意味を賦与し得るさ。[23]」

転向体験の反省の中から生みだされたこれらの根源的比喩がいかに埴谷の思想と作品と行動との中に生かされたかを見るのが次の仕事である。

二　日本共産党批判の視点

埴谷雄高がかきのこした箴言は、一九三三年（昭和八年）の時点における埴谷に特殊の一回かぎりの体験に根をもつとともに、その後今日までまたおそらく今日以後の世界の動向にたいしても展望を可能にするような高い樹木に育ってゆき、多状況的な適用可能性を獲得する。

「薔薇、屈辱、自同律」——手裏剣をなげるようにして三つの単語で定着した体験は、まず第一にバラ色のイリュージョンとしての日本共産党参加、それからの屈辱的な脱落としての転向、バラ色の幻想から脱落した孤独な自我によって完全に自己同一律的に統制される行為としての思想、の三点によってかこまれている。埴谷は、この三点にかこまれた小さい場所にたちつづけ、まず日本共産党というバラが人工のバラにすぎなかったこと、そして日共のみならず、ソヴィエト共産党、さらに現実に存在するいかなる共産党もこの人工のバラ性を帯びやすい点を考える。

これら三箇のうち、「薔薇」と「自同律」とのあいだにはさまれた「屈辱」（転向）のうけとりかたを見よう。

(1) 転向事実について

「彼（取調官）は手早く仕事を進めると、私の調書をつくつてしまつた。それは、掌のなかの毬の糸をするするとほどいてしまうような渋滞もない、手際の好いやり方であつた。そして、それは、その後私が屢々心のなかで哄笑し、また、慨嘆した調書なるもののはじめであった。私は、それまで、調書とは、係官が容疑者を取調べてゆく逐次的な経過の記録であつて、いつてみれば、たつた二人きりで部屋のなかに向いあつた対話の厳密な速記録という体裁をとつたものなのであろうと、漠然と推察していたのであつたが、さて、自分自身が調書のなかの登場人物となつてみて、あまりに想像とかけはなれているその独特の記録法にびつくりしてしまつたのであつた。私がぶつかつた凡ての体験によれば、それは、取調官と容疑者のあいだに交わされる対話ではなしに、取調官自身の独語の記録なのである。取調官はこちらに質問を発し、そして、驚くべきことに、その質問そのままがこちら側の誠実な回答として、調書に記録されてしまうのであつた。恐らく、それは時間の経済として初め採用され、そして次第に固定化してしまつた方法なのであろうが、この取調法によると、取調官は彼にとつて既知であるところの事態のなかを前へ歩き進むのみであつて、決して、その枠から踏み出ることは出来ないのである。例えば、それはこんなふうに行われる。この君の書いたものは、天皇の尊厳を傷つけることになるが、勿論、君は本気で書いたのだね、なんとか返事をしたつて好いだろう。まさかひまつぶしに書いたのじゃあるまいし、本気なのだろう。うん、すると、それを本心から書いたのである以上、天皇制の否定というのが君の目的になつているのだね……と、こんなふうに取調官は話しつづけるのである。取調べられる容疑者というものは、自分から話すことは絶対にないのであつて、たいていは返事もせず黙りがちで、やつと答えるときも、ええ、とか、いいや、とか低い声でひと言述べるのが普通である。そんな態度は、取調べられるという受身から必然に起る消極的な事態であるが、そこには同時に、出来るだけ言葉を少くして、相手の知つている範囲を測定し、相手の知らないところへは最後まで近づかぬように身を持そうとする防禦的な構えが含まれているのである。そして、相手が知らぬという気配はこちらにすぐ解るものであつて、例えば、私とともに逮捕された一人物は私と毎日顔を合わせていた親しい間柄であつたにもかかわらず、その後、捜査官が私達の関係を問い質したというただそれだけの理由で、ついに私達は互いにまつたく見知らぬ間柄ということになつてしまい、調書にそう記録されるに至つた事例があつた。取調官にとつての問題は犯罪の成立にあつて、事実の総体の認識ではないために、ただただ法に抵触する既知の部分だけを歪んだかたちでつなぎあわせ、そして、事件の核心をなしている重要な環を殆んどつねに脱落したまま進行してしまうこの調書なるものは、ひとたびこちらが取調べられる経験に遭つてみると、容易に信用しがたくなつてしまうものである。[24]」

さらに調書ができあがると、次のようになる。

「ところでさて、長らくこちらと相対した取調官のお喋りが終了し、それまでの話を傍らの書記が調書に書きとめる段になると滑稽なことに、取調官のまとめあげる文章は次のようになつてしまうのである。質問……その論文について申し述べよ。回答……はい、申し上げます。私は天皇の尊厳を傷つけるために、この論文を書きました。私はそれを本心から書いたのでありまして、その目的とするところは天皇制の否定なのであります。それは確かであります。……と、まあ、こんなふうに会話はまつたく逆のかたちになつて書きとめられてしまうのである。習慣になつた事務的な表情でそんな文句を口述している係官とそれを記録している書記を正面から眺めていると、さて、その場がどんなに厳粛に装われていても、どうにも笑いを禁じきれないのである。私は対話するとき、なんという理由もなく微笑する癖があつたが、こういう記録法を目前にして、いくたびともなく、その皮肉そうな調査官と目を見合わせて微笑した。黙秘権が一方にあり、そして、また、速記方式になつた現在では、恐らく忘れられてしまつた気分なのであろうが、二言か三言しか喋らない容疑者をすぐ目の前に置いて、こんな風に記録をまとめることは、たとえ習慣化しているとはいえ、その当時の調査官にとつてはやはり精神を石のように保持しつづけなければ、出来がたいことに違いないのであつた。私と目を合わせても皮肉な落着きを失わぬ係官はついに調書を仕上げて、その最後の頁に容疑者たる私の署名を求めた。私が署名し終ると、そこでまつたく完成した調書の綴りを前に置いて、彼はこちらを正面から凝つと観察した。そして、机の上に置かれた筆を自身でとりあげると、調書の最後の欄へ、具申、として、太い文字を書きこみはじめた。私が机のこちらから眺めていると、彼は落着いてこう書いた。

改悛ノ情ナク、極刑ニ処セラレタシ。

そして、顔を上げた彼はまた私とゆつくり目を見合わせた。私の魂には、破局への情熱といつたものがあつて、極端なものへならなんでものめりこみたがる偏よつた性質があるので、そこに書かれた極刑という言葉は私の気にいつたのであつた。私は彼と目を見合わせたまま、こう聞いた。その極刑というのは、死刑ですか。凝つとこちらをみつめている相手の眼は、一瞬、習慣になつている皮肉な色にもどりかけ、こちらの気負つた無知を憫れむ深い気色をいつぱいにたたえると、不意に笑いだした。彼は私を前に置いたまま、長いあいだ憫れむように笑つていた。懐疑的で皮肉な人物が、不意に、憫笑と好奇をまじえた穿鑿に充ちた眼をこちらに向けるようになり、そして、そのとき、無感動な官僚の衣装のあいだから、経験を積んだひとりの年長者が一歩こちらに踏み出てきたのであつた。君達はテロリズムの手段に訴えないから、重罪になることはないよ、と、彼はゆつくり言つた。そうだ、軽過ぎるくらいだ。(25)」

ここに長く引用した文章は、一つには、われわれのこの転向研究全体に少しずつ引用した訊問調査が、いかにわりびきしてよまれなくてはならないかのいましめを含んでいるものであり、この意味で埴谷の仕事は転向研究の方法にたいする一つの手引きとなっている。もう一つには、転向調書がこのようなつくられかたをしたということから、意味をゆっくりとくみあげてゆくことによって、埴谷は、転向に関する正史ならびに党史の両方をわりびきし、自己によってしか知られることのない自己の体験の把握に多くの推定をくわえてふくらませることによって成立する、記述としての文学によってしか定着することのできない真実が社会に存在していることを主張する。

自己史とも言うべきものを軸として文学を構成し、それによって官史と党史の双方を裁断し得る拠点としようとする。このために埴谷の文学は、その根元に一回かぎりの転向という自己の特殊体験をもちながら、それに「自同律」的に分析を重ねつつ高い高い塔をきずき、毎年毎月つみかさねられるどのような形での（官史の側からの）大本営発表・警視庁報告にもひきずられず、（党史の側からの）コミンテルンのテーゼ・「赤旗」の記事にもひきずられずに、むしろ逆にこれら一切を裁断する規準が、論理的に正しく限定され、その限界内でひかえめにかつ徹底的に操作された自己分析の中から生れてくることを信じた。「赤旗」は、佐野学・鍋山貞親を帝国主義のスパイとして報道し、ソヴィエトの国際共産党はトロツキー、ジノヴィエフ、カーメネフ、ラデックの共産主義へのうらぎりを報道する。日本の知識人が、その共通の哲学としての事実主義にもとづいて、外の世界から次々におくりこまれる情報に思想的節操をほんろうされて右往左往する中で、埴谷は、一つの事実の中にたてこもり、自分の転向事実についての官史、党史の記述と評価がかくもまちがっているかぎり、官史、党史の記述を支える思想体系はともに重大な欠陥をふくんでいるに違いないという確信にたちつづけた。このたちつづけることを可能にした要因は、埴谷における精神分裂質の気質であったであろうが、同時に、二十五年にわたってこの視点から生み出された同時代批評の成果によって見るならば、この方法はわずかの正確な観測結果に固執して体系を構築した、ルネサンス期の近代科学の設計者ケプラーやガリレオの仮設演繹的方法と同一である。

(2) 転向の動機について

いつ、どこで、誰に、どうされてというような仕方での記述はとられていないが、転向の事実、転向時の処世方法、転向を支えた精神について、埴谷はかくすところなく、しかし、つねに抽象的に語っている。

埴谷が日本共産党の路線から転向した動機は、日本共産党に参加した彼の動機と対応し、日本共産党参加の動機はまた日本共産党参加以前に彼の参加していたアナキズム運動における彼の参加・離脱の動機と対応する。彼は早くマクス・スティルナーの『唯一者とその所有』を読み、石川三四郎の個人雑誌「ディナミック」の購読者となり、「革命と国家」という論文を書いていた。友人たちの多くがアナキズムからマルクス主義に籍をうつしてゆくのに反対して、マルクス主義の経典であるレーニンの『国家と革命』をかたわらにおき、ちょうどプルードンの『貧困の哲学』を形式的・内容的にひっくりかえしてマルクスが『哲学の貧困』をかいたとおなじく、今度はその逆にマルクス主義の経典を形式的・内容的にひっくりかえす仕事をしようとした。同時に彼は三部作の戯曲をかき、第一部はマフノのウクライナ・コムミュン、第二部はクロンシュタットの叛乱、第三部は第一回コミンテルン大会におけるエマ・ゴールドマンとアレクサンダー・ベルクマンの退場から第一次五ヵ年計画までというくみたてで、ロシア革命におけるアナキストの役割を描こうとした。ところが、アナキズムをとおしてマルクス主義を批判しようとした計画は、レーニンをよむ途上でレーニンによって説得されることで挫折し、結局、国家をなくするためのもっとも合理的な運動計画は、共産主義にあると考えられるようになった。このように、埴谷の共産主義への参加は、自我の自由な運動の条件を求めて無政府主義的理想の貫徹を目標としてなされた。このような目標とひきくらべるならば、現実の共産党は人工のバラにすぎず、このようなにせものに自分がまどわされたことからくる屈辱は、もう一度、自我の中における無政府状態に彼をひきもどさざるを得ない。

石川三四郎らのアナキズム運動の無理論性にあきたらず、日本共産党に参加した彼の出会ったものは、理論を看板とするということでアナキスト以上に偽善的な、しかも内容的にはほとんどアナキストとかわらぬ無理論性であった。ちょうどそのころ日本共産党は、国際共産党のひきまわし主義からはなれて独自のテーゼ草案をつくろうとして摸索しつつあった。この運動の中で埴谷は「農民闘争」の仲間の知力を結集して日本の農民運動のプログラムを自力でつくろうとして挫折した。検挙されて、彼は革命運動についての確信についてはむしろ逆転向して行ったとみてよく、ただし、日本の革命運動の必要とする理論は日本共産党の組織をとおしては生れることを期待し得なくなった。党の組織における階級構造、さらにまったくその時々の党内権力の移動にもとづいて発動される「敵を殺せ」式の理論干渉に、未来を託することができなくなった。理論にもとづく政治ではなく、政治にもとづいて改廃される理論の形態をそこに見て、さかのぼって、ソヴィエトにおける共産主義にたいしても疑惑をもつようになった。このとき、彼はふたたび、スティルナーの唯一者にかえり、自我の中にある無政府状態からもう一度、理論形成をやりなおすことを決意し、日本共産党をはなれ、既成の一切の共産主義からはなれた。むしろ自分の体験にそくして納得のゆくような新しい仕方での共産主義を考えてゆく道をめざした。他の節(「アナキスト」、「労働者作家」の節—『共同研究・転向』中巻)であつかわれる菊岡久利、壺井繁治などのアナキストが、アナキズムからマルクス主義へ、マルクス主義からファシズムへの道をとおって転向したのと対照的に、埴谷はアナキズムからマルクス主義へ、マルクス主義からアナキズムへともう一度もどって行った。戦争を終えて評論活動を再開した時に、埴谷は、アナキズムをとおしてマルクス主義を見るという仕方で、新しい解釈をマルクス主義にあたえる視点を定着した。もはや、マルクス主義は、彼にとっては実に多くの真理の中の一つの真理、多くの価値の中の一つの価値として、新しく意味づけられることとなる。

(3) 転向の体験のただなかから見た共産党

多くの転向者、水野成夫、浅野晃、林房雄、佐野学、鍋山貞親などをふくめてすべてが、転向のまっただなかにあっては実にすぐれたことをいっていることは、別の節（『転向』上巻）に見られるとおりである。かれらのするどい指摘は、日本共産党の欠陥を見事についており、国際共産党の欠陥をも見事についているのだが、そのするどくそして正しい意見が、やがて見忘れられ、たんに国家権力に身をすりよせる運動の中に姿を没してしまう。転向のまっただなかにおいては、直観のひらめきとして見事に手の中にとらえられていた新しい真理と正義が、転向のサイクルの完了、転向後の視点の形成と同時にわすれられてしまう。つまり、これらの人々の欠陥は、転向そのものから早く離脱してしまうという思考法に由来している。このことは、かれらの転向と埴谷の転向とを比較することによって、くっきりとでてくる。埴谷の思想的生産性は、かれが転向から早く離脱しようと努力せず、転向過程のまっただなかにすわりこむことをとおして、転向以前の思想（共産主義）にたいする批判を体系化するということにあった。ランボーとはややちがった意味で、埴谷もまた、一瞬のめまいの中にひそむ千万の可能性の一つ一つを定着し、箴言の形で、感性的形象におきかえて貯蔵し、その後の生涯をかけて一つ一つの形象の内部に貯えられている知恵をとりだして体系化して行ったのである。ここには〈ゆれる宇宙〉をその〈彷徨〉と〈遁走〉においてとらえる一つの手練があり、その早業は〈影〉と〈暈翳〉に関するマルクス主義的ならざる美学、〈論理の涅槃〉をとらえるマルクス主義的ならざる論理、よしあしをこえて世界を一挙に〈ぷふい〉とふきとばすマルクス主義的ならざる倫理を必要とした。ここには早業があると同時に転向後二十五年〈坐せる姿勢〉を〈洞窟〉の中にとりつづけるという持久力がある。時はすぎてゆき、ラジオは毎時間かわりゆく外界のニュースをつたえても、彼は自分を〈化石〉したものと見なし、〈石〉としてただじっと時代の〈風化作用〉にたえようとした[26]。

自分の転向が、自分の見ている前で係官によって意識的につくりかえられ、また党の機関紙によって意識的につくりかえられるのを見ること。官史と党史との二つの政治のあいだのみぞにおちこんだ仮死状態の体験は、これから類推して、政治の中における真実の死（粛清された人々）について考えさせる。こうして、自分を死者の立場において、政治を体系的に批判してゆく方法が、小説『死霊』の視点となる。この未完の長篇については、未来にゆずることとし、現代の政治に関する埴谷の視点を、「政治の中の死[27]」というエッセイによって、簡単に要約してみよう。

政治は、その背後に強制力の体系をもつ思考のことであって、これを箴言の形になおしてみると、次のようになる。

「スローガンを与えよ。この獣は、さながら、自分でその思想を考えつめたかのごとく、そのスローガンをかついで歩いてゆく。」

この政治の論理は、言論の真理判定の規準をも、結局は、同一党派にぞくするかどうかできめてしまう。政治的思考がつねに巨大な数の他者に関する断定をふくんでいることからすれば、真偽正邪の判定は不可能であることが大部分であるにもかかわらず、政治的思考は単純にその思考のにないての党派的所属によって決定してしまう。こうして、政治的思考の表明は、次のような骨格をもつこととなる。

「やつは敵である。敵を殺せ。」

「いかなる指導者もそれ以上卓抜なことは言い得なかった」と彼は言う。

十九世紀の革命思想は、まったく新しい可能性を政治にたいしてうちひらいた。国家の強制力を必要とさせた階級対立そのものの除去。さらに唯物史観によって、敵、味方の固定性の迷信がうちやぶられ、どんな敵も条件がかわれば味方となりうるという新しい考え方が可能になった。しかし、この理論の応用によって成立したはずの実際の革命政権は、二十世紀前半に関するかぎり、完全にこの可能性をうらぎって、新しい階級制度と新しい敵味方の論理をあつかましく使いつづけている。

「古き政治のなかの目に見えぬ愚民化政策のかたちとまったく同じように、上部から出されたスローガンがそのまま巨大な流れ作業となって下部のあいだに復唱され、そしてそのことによってそれらの恥ずべき行為が、すべて《そのとき》は正当化されてしまうという事態のなかに直截に示される。そのためには、オットー・マヨール（ハンガリーの共産主義者）が言及したごとき大きな恥ずべき事柄は、日頃から小さな恥ずべき事柄を原型として、さながら条件反射の酷しい訓練のごとくあらかじめ周到に準備されているのであって、そして、ついにそこに、軍隊ふうな命令と服従、指導と被指導の固定的な関係が、一種身についた皮膚感覚にまで仕立てあげられてしまうのである。これらのことがつねに上部がただひたすら上部であろうとするひそかな意志のみから発して、ひとつの驚くべき流通の体系を強靱堅固に形成してしまうのを見れば、確かに、階級構造のもつ容易に遁れがたい怖ろしい力の幅が歯ぎしりするほど感ぜられるが、そこになお死と流血が加わるとき、私は、二十世紀の革命の本質を顧みて、魂の底まで襲われる名状しがたい不思議な無気味さとともに激しく足踏みするいらだたしさをも感ぜざるを得ない。なぜなら、これまでの政治のなかの死は、そのときの政治権力の勝利のいまわしい表明であったが、二十世紀に激しく転変した政治のなかの死は、本来可変的な相手をついに味方へ転化し得なかった、許しがたい無能の証明だからである。二十世紀の政治のなかの死は、未来への拒否であると極言することができる。」

一九三三年（昭和八年）以来埴谷の用意してきた視点は、同時代のラデック、ベーラ・クンらの裁判を批判し得るものであったのみならず、その後にくるスターリン主義批判そのものを批判する視点となり、ベリア粛清、ハンガリー叛乱弾圧をも批判し得る視点となった。それだけでなく一九三三年度の多くの転向者が、日共およびソヴィエトを批判する視点を獲得すると同時に、日本国家を批判し、満洲事変、日支事変、大東亜戦争開戦を批判する視点を喪失したのと対照的に、埴谷の視点は、ソヴィエトの小国家圧迫を批判するとともに、アメリカ、イギリス、フランスの植民地支配を同時に批判する位置を占めている。

共産党については、埴谷はその本質的部分についての正しさを信じており、ただ自覚の現在の指導部の消滅をも考慮にいれるような、遠い未来にてらして、現在の刻々の問題を考えることを提案する。一九三三年以来、彼は、つねに遠い未来からさしてくる〈微光〉にてらして目前のことを見るすべを学んでたえてきた。敗戦後の共産党再建にさいしても、これにはくわわらず、むしろ非政治性を共通の了解事項とする文学同人雑誌「近代文学」を、よく似た姿勢で同時代をたえてきた七人（埴谷をふくめて）の転向者によって組織した。政治的視点に対峙する文学的視点という位置のとりかたは、日本共産党に自分たちを政治的に結びつける新日本文学会の視点と対立し、両者のあいだに戦後の論争が活潑に起った。転向体験の中に日本共産党批判の視点を確立した埴谷が、戦後も日共にたいしてこの視点をゆずらず、この考え方が「近代文学」の組織力・持久力の重要な条件となった。無目的にただあるきまわる「歩行者」としての革命運動家だけでなく、遠い未来をおくせず見つづける〈坐者〉としての革命的理論家の必要を、彼は、昔にかわらずときつづけた。これは、一九五二年当時、火エンビン闘争を指導した日共の「歩行者」革命家の方針にたいして、適切な批判の視点であった。

戦後、コミンフォルムの批判をうけ、主流派、国際派の二分派にわかれて無用の対立抗争状態におちいったとき、党に幻滅した多くの年若い共産主義者たち（たとえば井上光晴）が改めて埴谷雄高の文章をよみはじめた。この分裂抗争は、ソ連におけるスターリン主義批判、フルシチョフ政権の成立に影響されて大同団結をもって終り、六全協によって日本共産党は新しい一歩をふみだすのだが、現状についても、埴谷は次のように批判する。

「そして、この組織のなかの階級性は、闘争のなかで洗いおとされずに次第に固定化するにつれて、上部組織の下部組織に対する防衛という不可思議な措置を生みだすのが通例である。例えば、日本共産党の『党章草案』を読むと、中央委員は十年以上、都道府県委員長は五年以上、同委員は三年以上、地区委員長は三年以上、地区委員は二年以上の党歴をもたねばならないという形式的な規定や、また、全国的な問題は中央委員会、地方的な問題は地方組織で処理するという機械的な区別にうちあたつて、そのあまりに露骨な防衛意図に驚かされるが、このような硬化現象は階級性の徽章をもって出発したどこの組織にも多かれ少かれあり、そして、それらは恐らく長期にわたる党内討議によつて、さらにまた、厳しい運動の成果によつて強く批判されるだろう。[28]」

こうした階級構造と敵味方の論理とをもとのままにしておきながら、まさにスターリン主義的な方法によってスターリン主義批判に追随している日本共産党同調者間で、埴谷の日本共産党批判は、これまでの二十五年以上によくきかれるであろうか。

三　埴谷雄高の哲学

革命理論家としての関心は、転向をさかいとして埴谷雄高にとっての第一の関心ではなくなった。現実に関心をもち、現実を変革することに関心をもつ以上に、彼は現実について考える考え方に関心をもつようになり、この考え方のあたうかぎりの可能性に目ざめ、それを表現したいという関心をもつようになった。これは政治および科学から、哲学および文学への関心の移動であり、埴谷は、政治に関心をもったときに政治についての科学的理論をつくることをめざしたとおなじように、哲学に関心をもったときにこれについての文学的表現の道をもとめた。

「魔の山を眺めよ。悪意と深淵に彷徨ひつつ宇宙のごとく私語する死霊達」という二十歳のころの箴言にとらえられた〈死霊〉の視点とは、政治哲学においては、二に説いたように一種の永久革命の理論を生むこととなった。だが、生きている今日の人間としてでなく、死んだ人間という架空の立場から宇宙を描き、宇宙をさばくという視点は、とうぜんに、政治哲学をふくめてより包括的な哲学問題についての考察へとみちびく。

政治から哲学へ、（政治の基礎理論としての）社会科学から（哲学の最適の表現方法としての）文学へという関心のきりかえは、転向の過程において豊多摩刑務所内でおこった。T・S・エリオットは読書が人間の感性をかえてゆくことをのべ、人間のありかたを底のほうからかえてゆくものは生活体験や政治的実践だけではないことを指摘した。読書にたいするこうした打ちこみ方は、サラリーマン化した今日の大学の哲学者たちには見られないが、埴谷雄高が豊多摩の刑務所でカントをよんだのは、まさにエリオットの言う意味での本格的な読み方をもってであった。

ヒュームはカントによってのりこえられ、カントはヘーゲルによって止揚され、ヘーゲルはマルクスによって止揚され、マルクスはレーニンによって現代的段階にたかめられ、……こうした日本知識層の思想史の常識によりかかって、最高の経典としてレーニンをよんでいた埴谷は、牢獄に入って語学勉強用にとりよせたカントを読むことで、数段階以前のすでに脱皮されたもぬけのからのはずの皮の中に依然として生きてうごめいているものがあるのにびっくりした。この時、転向によって、埴谷は、明治以来の日本の知識人の常識となっていた思想の進化説の呪縛からときはなたれた。

「人間の理性はその認識の一種類に於て特殊な運命をもつている——理性は斥けんと欲して斥けることができず、さればといつて、それを解答することも出来ぬ問題によつて悩まされるという運命をもつているのである。斥けることが出来ぬというのは問題が理性そのものの本性によつて理性に課せられたものであるからで、解答できぬというのは、それが人間の理性のあらゆる能力を超えているからである。[29]」

こうして理性によってとくことのできない問題を次々と理性がつくるという領域を、カントは先験的弁証論となづけた。今日の論理実証主義におきかえて考えるならば、これは主として「偽問題」(pseudo problem)を思いつく能力といえるであろう。しかし、百も思いつかれた「偽問題」の中の一つは、独創的な真問題を新しく構成するきっかけとなるかもしれない。「偽問題」を排除することによって、論理実証主義はかえって思想的創造性をはばんだと言える。埴谷の科学から文学への跳躍は、この「偽問題」をつくる領域を描きつづけることを自分のライフ・ワークとしてえらびなおすことによってなされた。

「仮象の論理学とカント自らに呼ばれるこの先験的弁証論は、まず心理学、つぎに宇宙論、最後に神学を扱っているが、そのどれもひとたびのめりこんだらもはや出てこられぬ領域である。その頃私は自同律について私流に思い悩んでいたが、まず自我の誤謬推理を論じた章にぶつかつたときこうした推論法もあるのかとただ呆然となつた。そこには人間精神の怖ろしい自己格闘が冷厳に語られている。それは、宇宙と人間精神の壮大な格闘を見るような宇宙論に於ても、神の現存在の不可能性を証明する章に於ても、同様であつた。そこに扱われるのは、誤謬の、矛盾の、不可能性の証明なのであつて、これはこうである、その理由はかくかくという証明法に慣れていた私はただただ眼を瞠つたのである。それはこう考えられる、またこうも考えられる、さらにまたこうも考えられる、ところで、これも誤り、それも誤り、あれも誤り。こうした謂わば無限の可能性を考えつくしたあげくでなければ出来ない不可能性の証明法は、やがて私の精神にも根をおろし、私もまたものごとを無限判断の枠で考えるようになつたのである。

そして、そこに煩瑣なスコラ哲学的な匂いがあるとはいえやはり否定の論理を無限におし進める仏教書を読みあさつたのも同じ理由からである。このような推論式はまたそれまで私が考えていた単純な弁証法ともかなり違つていた。そして、私はすでにカントがその誤謬を、その矛盾を、その不可能性を証明しつくした問題へこと新しくのめりこんでしまつたのである。さながらそこにいまだ彼が考えつくし得なかつたなんらかの可能性がのこつていて、そして、さらに私がそこでそのなにかを考え得るかのように。」(30)

なぜ、こういう無駄な作業を生涯の主な事業としてえらぶか。それは、スティルネリアンである埴谷にとって生きることとの根本的な衝動が、自我の自由な活動を極限までおしすすめてみることだったからであり、このような自我の自由な活動をゆるす領域が形而上学(あるいは哲学)だからである。しかも、すでにカントが『純粋理性批判』の中で理解したように、これらの形而上学的問題はつくることができ、考えることができるが、解くことはできない。それらについて科学的な解答を求める道は、袋小路である。この故に、埴谷は、これらの「偽問題」を次々につくり、それらと格闘するドラマをかく様式として、創作(あるいは文学)をえらんだ。

同時代の代表的哲学者西田幾多郎は、カントが「袋小路」と立札を出したその小路の中にまた独創的な迷路をうがち、その中を歩いて見せて日本特産の哲学をつくった。埴谷と同じ一九三三年(昭和八年)前後に転向した多くの左派哲学者は、たとえば三木清におけるようにマルクス主義をはなれてふたたび西田哲学にかえって行った。かくしてかれらは西田哲学ぐるみ、もう一度、一九四〇年（昭和十五年）以後の翼賛時代に超国家主義に転向せざるを得なくなる。埴谷は、西田哲学への道をとることなく、まず自分を二つにわり、半身はマルクス主義の革命理論にしがみつかせてたたせておき、半身は西田哲学が問題とした形而上学的問題を、西田哲学とは対照的にまったくの創作の意識をもって、創造し変形することにたずさわらせた。

西田幾多郎の著作『自覚に於ける直観と反省』を読んだときの感想を、埴谷はその分身である「くねくね入道」のボイグと次のように語りあう。

「ボイグ――そして、このひと（西田）のは、意識せざる、善良なハッタリなのですね。

わたくし――そう、真面目だ。

ボイグ――どうも淋し過ぎるなあ。

わたくし――そう、淋し過ぎる。

ボイグ――ええい、どうです？　ここでひとつ、意識せる、非善良なハッタリをこのわたし達がおっぱじめてみたら、どうでしょう。[31]」

こうして、意識せる、非善良なハッタリとして、創作としての哲学『死霊』が計画される。

こうした創作の哲学の原動力となった自我の自由への衝動を、もうすこし考えてみよう。自由とは認識せられたる必然であるという唯物論の公式を固く信じて、現代史の発展方向についての必然性をみきわめて理論化し、さらにその理論の命ずるままに自己の毎日の一挙手一投足を必然的にすなわち自由に動かそうとした青年革命家の時代をはなれると、まず、マルクス主義者の理解するような意味での必然性が今日から未来にかけての人間の歴史の中にあるかどうかがうたがわれた。さらに、そのような必然性があるとしても、その必然性を日本の青年マルクス主義者たちが、そのとぼしい経験と推論能力をとおせて完全に洞察し得るかどうかがうたがわれてきた。さらにまた、いったい自由とは、必然性の認識そのものなのだろうか？　むしろ、必然というものがあるとして、それをもくるわせてみたいと水車にむかうドン・キホーテのようにつきかかって行く衝動が、われわれ人間のもつ自由への衝動なのではないか。外部の現実の中に必然性があるかどうかは、うたがわしいから別にするとして、内部の必然性、つまりわれわれの思考を規制している形式論理のワクはどうであろうか？　この必然性をも、漸進的にくりかえしうたがうことによって、くるわせてゆこうとすることが人間各個人にできるのではないか。必然に屈服するのが、気にくわない。外部の現実をつらぬく必然性は、外部の現実よりもさらにひろいワクでの可能性の領域をつねに思っていることと、それら可能性のくみあわせをとおして現実にあること以外の事件を創作することによって離脱できる。だが、もう一つ、内部の必然性（論理的必然性）は？　しかしこれも言語のルールそのものをうたがい、うちこわすことによって、刻々、ルールをうちこわすごとに一時ずつ、離脱への身ぶりを示すことはできる。これを埴谷は「繋辞《コプラ》の暴力的な使用法」[32]と呼んだ。

かつて「自同律の不快」という箴言で言葉すくなくいわれていた内容が、もう一度、長篇『死霊』の中で、次のように述べられる。

「彼が少年から青年へ成長するにつれて、少年期の彼を襲つたその異常感覚は次第に論理的な形をとつてきた。彼にとつて、あらゆる知識の吸収は彼自身の異常感覚に適応する説明を索める過程に他ならなかつた。それは一般的に云つて愚かしいことに違ひなかつたが、《俺は——》と呟きはじめた彼は、《——俺である》と呟きつづけることがどうしても出来なかつたのである。敢へてさう呟くことは名状しがたい不快なのであつた。誰からも離れた孤独のなかで、胸の裡にさう呟くことは何ら困難なことではない——さういくら自分に思ひきかせても、敢へて呟きつづけることは彼に不可能であつた。主辞と賓辞の間に跨ぎ越せぬほどの怖ろしい不快の深淵が亀裂を拡げてゐて、その不快の感覚は少年期に彼を襲つてきた異常な気配への怯えに似てゐた。それらは同一の性質を持つてゐて、同一の本源から発するものと思はれた。彼が敢へてそれを為し得るためには、彼の肉体の或る部分を、がむしやらにひつつかんで他の部分へくつつけられるほどの粗暴な力を備へるか、それとも、或ひは、不意にそれがさうなつてしまつたやうな、そんな風に出来上つてしまふ異常な瞬間かが必要であった。

俺は俺だ、と荒々しく云ひ切りたいのだ。そして、云ひきつてしまへば、この責苦。(33)」

断言するということが、その断言にたいしてどれだけの責任を負わすものなのかは青年革命家として彼のうけた責苦でわかっている。このためにおちいった被害妄想の症状のために、彼はあらゆることに断言をさけたくなる衝動をもち、主語だけしか発声できなくなってしまった。「おれは……」と言いかけると、そのあとに「おれはAである」「おれは非Aである」「おれはAであり、非Aである」その他あらゆる可想的な命題がひしめきあって口もとにあふれ、絶句してしまうほかなくなる。つまり、命題の構成途上でたちどまり、無限にさかのぼってうたがうというゼノン以来の徹底的懐疑主義の病（異常論理病）にとりつかれたのである。

「この名状しがたい不快は、彼にとつて、思惟の法則自体に潜んでゐる或る避けがたい宿命のやうに思はれた。[34]」

「一つの想念と云ふより、若し再びさう云つて好ければ、一種論理的な感覚だつたのである。《不快が、俺の原理だ》と、深夜まで起きつづけてゐる彼は絶えず自身に呟きつづけた。《他の領域に於ける原理が何であれ、自身を自身と云ひきつてしまひたい思惟に関する限り、この原理に誤りはない。おお、私は私である、といふ表白は、如何に怖ろしく忌まはしい不快に支へられてゐることだらう！（中略）その裂目を跨ぎ、跳躍する力は、宇宙を動かす槓杆を手にとるほどの力を要するのだ》。[35]」

つまり、徹底的懐疑とは、われわれの思索に内在する倍音のようなものであり、言表される論理の一コマ一コマに対応する言表されざる論理感覚なのである。この内在的な論理感覚の瞬間的微粒子の中へひそみいって、そこから世界を書こうというのが『死霊』の構想であり、このために、論理の情緒的等価物が徹底的に探し求められ、メタフォーによって指さされるのである。

こうした創作の方法が、模写説、典型論、上部構造論を三つの柱としたマルクス主義美学からはるかにはなれた美学に支えられていることは明らかであろう。これは、模写説と上部構造論とは対照的に、物をよそにしてその「影」と「暈翳」を独立に追求する方法であり、典型理論とは対照的に、それぞれの対象をその対象に固有なる非典型性、法則逸脱性（ドゥンス・スコトゥスの言う「これ性」）において描くことを主なる目的とする方法である。

埴谷は自分の創作方法を水晶凝視の方法として説明している。一つのものをじっと見ていると、そのモノが未来永劫にわたってとりうるさまざまの形が見えて来て、誕生以前から滅亡までの極と極の間にならぶ。そのような空想の展開を取捨選択、再構成することから彼の創作が生れる。これを、還元的リアリズムと呼んでいる。このように作家の関心を見るモノの中に投入することによってそのモノの意味の核をつくり、それを変形させ極に達するまで見守るという方法を、埴谷はドストエフスキーとポウからまなんだと言う。

『死霊』は、論理をつくる論理を問題にし、論理以前の論理を問題にするという意味で、メタロジックの書と言える。そしてこうしたメタロジカルな角度から人間の論理に光をあててみるという埴谷の根本的な関心が、美学的な方法をも決定し、倫理的な方法をも決定することとなる。

倫理的な理想として、ここには二つの方向が設けられる。一つの方向は、必然からの逸脱ということ。〈自同律〉からの逸脱衝動としての不快感については、前にふれたが、歴史的必然性からの逸脱について引いて見よう。

「――さうです。私には、見えます。歴史の幅からよろめき出るその姿のみが、見えるのです。さうです。歴史の幅から見事に、また、とりかへしもつかず、はみ出してしまつたもののみが、私達の先人として認められるのです――。私達の眼の前に姿を現はし、話しかけるのは、本来さうあつてはならないやうな無限の場所へまで踏みこみ、逸脱してしまつた怖ろしいひとびとに限られてゐる。その他には、誓つて、何もありはしないんです。」

歴史の外によろめき出た人々というのは、つまり、死んでしまった人々が現実の法則のもとには生かすことのできなかった生涯を生きぬいた場合のことと考えてよく、〈死霊〉という言葉にこめられた意味とおなじである。ここで作者は、現実の歴史の中に生かされなかった可能性を記述した反事実的条件命題についてふれているのである。この反事実的条件命題とは、「もしレーニンが死なずに今日まで生きてゐるとしたら、ロシア革命は……」というように厳密な意味での科学としての歴史学の一部分となり得ないのだが、しかし現実の歴史をうごかしそのコースをかえてゆく力は、政治力をふくめて、この（刻々の同時代点において可能な）反事実的条件命題をたくみに計量する思考能力によりかかっている。それらを記述することが歴史学においてできないとすれば、この種の仕事は文学あるいは哲学にゆだねられざるを得ない。ここに埴谷の方法の設定があり、このような文学的・哲学的方法に科学的方法からきりかわることによって、彼はかえって独自の仕方で政治問題に接近することができるようになった。こうした考え方が政治問題にどんな影響をもたらすかを見よう。

「私――いや、いや。戦争の重味をとめるのは、本当に、死者しかいないのですよ。そして、それをとめる訴えをしているのがただ死者しかないことが、また、やがてそれが歩一歩と生者のあいだに出現してくる唯一の理由になつてるんです。何故つて、あらゆる生者はすぐ死者を忘れてしまい、生の秩序のなかにどんな戦争をもはめこんで意味づけてしまうんですからね。だから、私は敢えて云いたいですね。本当の戦争は、生者と死者のあいだではじまる、と。

彼――ふーむ、それは、最後の死者が忘れられたとき、そのとき、すでに第一発の砲火が大空高く打ちだされている、ということですか。

私――まあ、そうですね。死者はつねに見捨てられた歴史の彼方で、生者を呼んでいるのです。彼は生者に向つて、ぐれーつ、と呼びかけているのです。

彼――なんと呼びかけているんですつて。

私――ぐれーつ、です。

彼――そして、生者にはそれが聞えないのですね。

私――そうなのですよ。私にはそれが解ります。

彼――ほう、どうして、貴方にはそれが聞えると主張できるのですか。

私――それは、まあ、長年、私が死んでる真似をしてるからでしょうね。[36]」

戦争のみならず、革命政権の粛清裁判の犠牲者の声、ヨーロッパ諸国によるアフリカ解放運動の犠牲者の声、ハンガリー叛乱鎮圧の犠牲者の声をも同時にきく。歴史がはじまって以来の死者の声の一々にききいることをとおして、人類を裁くということが倫理の目標となる。

もう一つの倫理の目標が、ここにダブって姿をあらわす。歴史の中を一人、また一人とよろめいて出て行く逸脱者を先達として、歴史離脱後のメッセージをたどりたいという考えは、さらに進んで、それらをその個別性の総和としてうけとめようという考えをもたらす。前者は、さまざまの実現されなかった宇宙と比較して、実現されたこの一個の宇宙を裁き、「宇宙の責任を追求」するという箴言とむすびつくが、後者は、「空中にまで慈悲があります」とばかりにあらゆることを追求する結果、とりとめなくすべての善悪を「ぷふい」とゆるしてしまうという箴言とむすびつく。つまり、あらゆる反対命題を同時に考えることで、何事をも断定できないという「論理の涅槃」に対応する「慈悲の倫理」、「ぷふいの倫理」、「すべて善し、すべて悪しの無敵戦法の人生観」である。

宇宙の責任を追求する倫理とぷふいの倫理との二つの倫理的目標は関連するが、同時に相反するものである。しかし、あとの慈悲の精神がより多くからまってくることによって、人間の政治行動は非政治化し、倫理の域にまで高められる。政治の方法が、敵味方の区分によって、善悪を裁定するのにたいして、慈悲の精神は、敵味方の対立を越えてはたらき、敵を味方に転化する条件をたゆみなくさがす。具体的な例を、ソヴィエトがハンガリー叛乱鎮圧事後処理のためにハンガリー元首相ナジを処刑したことにふれたエッセイに見よう。

「歴史の断崖へと徐々に追いつめられつつ最後まで自己の位地を防衛しようと試みる彼等（ソヴィエト政権の指導者）は、その欠陥をもつた個人をさらに数歩進めて『敵』に仕立てあげる。そして敵は殺されるのは当然であるという謂わば指弾の代行物をそこにこしらえあげる。しかも、その場合本来、糾弾さるべき彼等に代つて標的となるのであるから、その人形はできうるかぎり背後が見えないほど大きいのがいいのである。そして、標的として処刑されるナジは、背後に彼等（ソヴィエト政権を指導する共産主義者）と、そして、労働者評議会（ソヴィエトの支配を批判する共産主義者）のひとびとの二組を隠してしまつた。すでに遠い以前、労働者評議会の多くのひとびとは処刑されている。彼等指導者達がほんとうに怖れているのは、着実な緩やかさをもつてせり上つてくるこの労働者評議会のひとびとであつたから、その死刑の十字架の列をナジの死刑の背後に小さく隠しておきたかつたのである。

けれども、吾々はすでに一方で『敵』を味方にする本来の革命のかたちが歴史のなかで静かな足取りとなつて進行しはじめているのを聞いているのであるから、味方をも『敵』に仕立てあげて、その血ぬられた標的の背後に巧妙に隠れようとする旧態維持のこの政治的指導者達ももはやこれからさき長くはその卑劣な姿を隠しつづけることはできないであろうと予感せざるを得ない。その意味で、ナジ処刑はひとつの暗い楯の表を示しているに過ぎないけれども、その背後の意味は深く、また、大きいといわねばならない。」[37]

敵を味方に転化することが革命運動家の能力であり、このことなくしては革命はあり得ない。

かつて毛沢東はこの方法によって「持久戦論」をかいて中国の民衆を味方に獲得して日本をうちまかし、今はアルジェリアの民族解放運動のにない手たちはこの方法によってフランスの中にさえ、新しい味方をつくりつつある。これらと比較することによって、埴谷は日本共産党の無能を責め、かれらが前衛党内部の結束の必要をとくことに託して自分たち幹部の位置の防衛と固定化を計っていることをなじり、こんなことよりもむしろ知恵をあつめて、日本の現在の条件の中で今まで敵であったものを味方に転化する方式を研究することをすすめる。こうした提案において、埴谷の先験的弁証論は、かならずしも現実とつねに無関係なのではなく、精神の屈伸体操としては無類の役を果し、さらに、現実との接点を正しく見つけられさえすれば、現実に適合することさえあるのだ。

先験的弁証論は、精神のシャドウ・ボクシングであり、よくこの訓練にたえたものは、試合にのぞんで現実の相手をむこうにまわした場合、ある時には公式どおりに、ある時には公式からはずれた意想外の動きをとおして相手のすきまにつきいることができる。このような、公式的体系精神としての自我と、およそ公式とはかけはなれた逸脱精神としての自我との複合として、あらたに自我を合成して、転向点から埴谷は一九三三年以後の日本の同時代にのぞむ。このころの埴谷の人柄について、友人はこう語っている。

「おそらく彼はこの独房生活の間に、自分のなかに渦巻く情熱をふたつの極に吹き分け、現実世界と接触する外的生活を、つかまえても、圧しても、切っても、生命に別状ない、トカゲの尾のようなものにしてしまった。彼の奥深い『性癖』をまもるために。[38]」

「このアフォリズム（不合理ゆえに吾信ず）や、おなじく「構想」に連載した長篇『洞窟』以来、彼は一方で他人の理解を峻拒するような難解な作品を書きつづけながら、他方ではビジネスマンとして抜群の才能を発揮し、ダンス・麻雀・野球・映画・探偵小説から国際情勢にいたるまで、居ながらにして知らぬということがなく、誰とでも、何事においても、どこまでも、つき合うことのできる人間である。彼の人格は完全に二重構造である。[39]」

カントの先験的弁証論で屈伸体操の訓練をうけた彼が、自分の分身を「くねくね入道のボイグ」と呼ぶのは、このような事情による。彼は一方では〈化石〉であり、〈石〉であり、もう一方では〈風〉であり〈くねくね入道〉であろうとした。これらの分身は、箴言にみられる二つの時間意識「破局」的時間と「円環」的時間とに対応する。自己の教条を守って破局に直面して以後化石するという分身。自己を宇宙の歴史全体と同じものと考えてみることによって、もはや目前の何事に出あってもうけいれることにした「くねくね入道」としての分身。それらはまた自然にさいごのぎりぎりのところまでゆずらずに対立する「悪の意識」としての自己と、自然によりそって「啞で白痴で美しい静かな娘」の夢を見る自己との二つに対応する。

坐ったなりでする精神の屈伸体操が、結局は、歩行者にとっても役にたつことになる。というのは、歩行者はくたびれればくたびれるほど、心身硬直し、自分の眼の前の物のその姿しか見られなくなり、その物あるいはその他の物のもつ可能性にたいして、ただ壁にむかって坐っている者ほどの想像力ももち得なくなるからだ。こうして、偉大なる歩行者の思想に出会うことを待っている坐者の思想として、埴谷の思想は、日本の思想史の中に今日も孤独の位置を占めている。

四　虚無主義の系譜

埴谷の哲学と、伝統とのむすびつきを最後に考えよう。

転向時の一連の箴言は、ほとんどすべて、伝統を参照ワクとせず、自己のみを参照ワクとしてつくられている。埴谷は、自分の外にある日本共産党信仰の柱からきりはなされた時、他の柱によることなく、自我の中におちこみ、自我の要素の新しいくみあわせによって新しい柱をつくろうとしている。民族の伝統にたいする呼びかけをまったくしないことが、特徴的である。こういう点が、埴谷の転向を、「日本浪曼派」の亀井勝一郎、保田与重郎、太宰治らと区別する。「日本浪曼派」におけるように、むりやりに日本の伝統を美化して考えようという動機は、転向の前にも、後にも働かない。転向後はかえって、よりみにくいものとして日本の文化をとらえ、よりするどく日本の伝統から切れている。そのために、まったく自分の底のほうまでさらってみて根源的比喩をさがしだし、それらをくみあわせることによって、自己の創世神話をつくる道をとった。

むしろ、日本の伝統とはむすびつかぬままに、西洋および東洋のニヒリズムの伝統とむすびついている。西洋のニヒリズムの系譜の上では、スティルナー、カント（これは先験的弁証論の部分だけがニヒリズムと言える)、ドストエフスキー、キェルケゴール、ランボー、マラルメ、ポウ、ニイチェ。東洋のニヒリズムの系譜では印度教、ジャイナ教、仏教、老子、荘子。東洋の宗教的伝統が深く入っているという意味では、埴谷の転向は日本への回帰なしの東洋への回帰と考えてよく、同時代の萩原朔太郎、室生犀星、志賀直哉、佐藤春夫らのような日本への回帰を主とした東洋への回帰とはちがう転向の系譜にぞくする。むしろ、明治末期の木下尚江の転向の経路に近いものではないだろうか。木下尚江はキリスト教社会主義者としての実践運動を明治末にしりぞき、それ以後も日本の天皇制権力に反対の姿勢をとったまま、一種の虚無主義者となって静坐生活を昭和に入るまで続けた。軍国主義の進行を前にして、もう一度社会運動に参加する志をもちながら死んだ。同時代の人では、村山知義、三好十郎、坂口安吾、武田泰淳、椎名麟三が、転向をとおしてニヒリズムに達しているということでは埴谷に近い。とくに、椎名は労働者出身であり、埴谷より少しはやく一九三一年にやはり積極的な共産党員として検挙され、転向するのであるが、転向後の彼の思想は、埴谷におけるよりもより多く日本の庶民的な生活感情の中からニヒリズムの素材をとっている。古くは木下尚江もそうだが、村山、三好、武田、(敗戦までの)椎名はいずれも、日本共産党とかコミンテルンとか日本の無産者階級などの目前現存の人間集団とは別に、神を措定せずに普遍的な原理を措定し、このような普遍的な原理にてらして転向以後の自分の行動を律することを試みている。このことが、江戸時代以来の浮世思想、その時その時のなりゆきにまかせる日本の伝統的な虚無主義とはちがった傾向をこれらの人々の中につくった。

埴谷は、日本の伝統的な思想の流れの中では、立川流にたいして興味を示しているのにすぎない。立川流というのは、真言宗教の別派で男女の最初の合体において涅槃にいり、即身成仏するという教理であり、駿河地方にひろがったが、やがて徳川政府にほろぼされたと言う。この場合にも、埴谷がこの立川流に興味をもつのは、「人間は色と欲さ」という感情的傾向を原理にまで高めたということについてなのである。

「こんなちやちなものであれ、とにかく一つの観念の極端化をこのわが国に発見したのが無性にうれしく、わたくしとボイグはその当時さかんにこの教義を振りまわしていましたところ、或るバアのマダムについに『立川流中興の祖』と命名されたのでありますが、すると、わたくしもボイグも悲しげに顔を見合わせたのであります。もし観念の観念化といったようなおれ達のデエモンを発見したのなら——そうボイグは、そのとき、憮然と呟いたのであります。」(40)

数百年以前にほろぼされた立川流以外には、日本の伝統には埴谷の興味をひくものはなかったように見える。こうして、この国の文化の先人にも同時代人にもむすびつくことなしに、十数年間も一つの点として自分をおいておくということは、文学者としても市民としても、稀有の難事業である。これは、埴谷の精神分裂病的気質をよそにしては考えられない。健康であり正常であるものがことごとく翼賛体制の状況に衛生的に適応して行った時代に、適応せずにおしとおしたのである。近ごろフロムやフォイヤーなどの精神分析学者の影響で、日本でも衛生・健康を原理として思想を律しようという考え方が強くなってきた。この原理をまっすぐに適用するならば、「いつも変らず健康ならんをねがはば、頸の運動を怠るべからず、頸の運動は即ちおじぎ也」という明治の文士斎藤緑雨ののべた意味での健康のすすめになることがしぜんであり、こうした考え方から言うならば、転向しないことは衛生上よくないことである。翼賛運動時代の日本に「錬成」また「錬成」で、どれほど衛生思想が盛んであったかをふりかえり、この種の衛生思想がどれほど思想の自主性をはばんだかを考えてみる時、埴谷雄高の位置がはっきりしてくる。

二十五年前、青年時代の箴言の中に宇宙の遁走と彷徨と破局と円環にふれた彼は、これらの可能性が具体化したものとしての原子爆弾、人工衛星を前にして、次のように考えた。これは、敗戦直後の渡辺慧の「原子党宣言」(今や人間社会の推進力が労働者階級から科学技術者の手にうつったことを説いた)にかなり似ているが、マルクス主義との対決の仕方が、さらに微妙であり、二十世紀文明論として独自の展望をなしている。

「(人工衛星がとびたったというニュースをきいて) はじめの印象はだれでも同じだと思いますが、非常に偉大な世紀が始まったという感じでしたね。長い目で見ると、これは大へん喜ばしいことですが、少し水をかけることを初めにいいますと、近視的に見れば喜びでない面もある。最初の人工衛星が飛び立ったのは十月四日ですが、その後、ソ連の革命四十周年記念日に新しく何かが発表されるということがいい始められました。ぼくは、これは実によいことになったと思いました。新聞には労働時間短縮とか、月世界へのロケット発射とかいわれていたが、ぼくはこう考えたんです。四十年たって階級対立が止揚され、遂に人類という一つの概念に達した、そういう一種の人類の宣言が人工衛星の上に立ってなされるんじゃないか、と考え、またしてほしいと希望をもったのです。そのときにもちろんこれまでの科学的な苦心談を入れて、今後の成り行き、月世界旅行、火星旅行はこうなるだろう、階級社会は地球上の三分の二に残っているけれども、ついに止揚をされる段階にある、そういうことを述べると同時に技術の公開と軍事目的からの絶縁を宣言する。ところが、それはぼく一人の考えになってしまった。それどころか、人工衛星の意味を受けとる方でもソヴィエト側でも軍事的な面を強調している。人工衛星は大陸間弾道弾と同一基礎にあるというわけです。こういうふうに軍事が強調されると、ピラミッド建設時代のエジプトと同じようになる。要するに秘密というものが第一の聖なる秘儀となり、古代のファラオと僧侶が一体化したごとく、政治指導者と科学者が第一階級と第二階級として合体して、その神権時代には人民は秘密にあずかりえないという段階が続かざるをえない。そして、他方、必然的に社会主義社会圏においても優越国家と劣敗国家ができる。

こんなことを考えてちょっと、さびしい気がした。大きい見通しからいえばそれはやがて克服されてしまうことであるけれども、近視的にいえばそういうことになる。」(41)

転向が近代日本思想の底にある特徴的な主題であるとするならば、この主題ともっともねばり強くとりくんでここから一つの思想体系をつくった埴谷雄高は、日本の伝統からほとんどその思想の素材を借りていないように見えるとしても、やはり、近代日本のもっとも代表的な思想家と言えるのではないだろうか。

(1)日本共産党では風間丈吉、伊東三郎、守屋典郎、伊達信らと一緒に仕事をした。
(2)佐野学・鍋山貞親の転向に続く、集団的転向の中の一つの例とみられる。
(3)自伝の資料は主として、埴谷雄高『濠渠と風車』(未来社、一九五七年)、『鞭と独楽』(未来社、一九五七年)から取った。他に埴谷雄高「戦争の時代の進行」(「日本読書新聞」一九五八年三月三十一日、四月七日号)が、日中戦争当時の埴谷の記者生活にふれている。
(4)「あまりに近代文学的な」「文学界」一九五一年七月号、『濠渠と風車』七六頁。
(5)『Credo Quia Absurdum, 不合理ゆえに吾信ず』一九五〇年、月曜書房、四六頁。
(6)「心臓病について」「近代文学」一九五一年一月号、『濠渠と風車』二二八―二二九頁。
(7)『Credo QuiaAbsurdum, 不合理ゆえに吾信ず』二四頁。
(8)同書二四頁。
(9)同書一一四―一一五頁。
(10)同書七八頁。
(11)「洞窟」、同書一〇五―一〇六頁。
(12)『Credo Quia Absurdum, 不合理ゆえに吾信ず』一三頁。
(13)同書一二頁。

(14) 同書八四—八五頁。
(15) 同書一八頁。
(16) 同書四八頁。
(17) 同書六頁。
(18) 「洞窟」、同書一二八頁。
(19) 『Credo Quia Absurdum, 不合理ゆえに吾信ず』七三頁。
(20) 同書七二頁。
(21) 同書七九頁。
(22) 同書七三頁。
(23) 同書六二頁。
(24) 『鞭と独楽』九八—一〇〇頁。
(25) 同書一〇〇—一〇二頁。
(26) 戦争末期まで、埴谷は経済雑誌の編集者、翻訳などによって生活を支えた。戦後の病中の生活は、夫人が働くことによって支えられたと言う。
(27) 「政治の中の死」「中央公論」一九五八年十一月号。
(28) 「指導者の死滅」「中央公論」一九五八年七月号。
(29) カント『純粋理性批判』、埴谷「ドストエフスキーの方法」(『濠渠と風車』一三一頁)に引用されている。

(30)「なぜ書くか」「群像」一九四九年三月号、『濠渠と風車』七二—七三頁。

(31)埴谷雄高「即席演説」「綜合文化」一九四八年三月号、『濠渠と風車』六一—六二頁。

(32)同書五七頁。

(33)『死霊』近代生活社、一九五六年、一四五頁。

(34)同書一四六頁。

(35)同書一四七頁。

(36)「平和投票」「群像」一九五一年六月号、『濠渠と風車』五二頁。

(37)「指導者の恐怖——ナジ処刑背後の意味」「日本読書新聞」一九五八年七月七日号。

(38)本多秋五「物語戦後文学史」第六回、「週刊読書人」一九五八年十一月二十四日号。

(39)同右。

(40)「即席演説」「綜合文化」一九四八年三月号、『濠渠と風車』六三—六四頁。

(41)荒正人、埴谷雄高、安部公房、武田泰淳の座談会「科学から空想へ——人工衛星・人間・芸術——」「世界」一九五八年一月号。

原子力の意味、宇宙文明の意味を戦後エネルギッシュに説いてきたのは荒正人である。その著書『負け犬』、『雪どけを越えて』、『宇宙文明論』にもふれたいし、もともとこの節では「近代文学」の創立同人の全体、さらに戦後の「近代文学」に登場した文学者をグループとして書きたいと思ったが、それだけ複雑な構成をとる用意ができなかった。
一九三三年前後の日本の転向作家にとって、世界文学史上の最大の転向文学を生んだドストエフスキーがどれほどの影響をもったかは埴谷雄高論においても追求すべきもう一つの重要な主題である。

（『共同研究　転向』上巻　一九五九年一月十日）

埴谷雄高の政治観

一

埴谷雄高の政治思想は、ハッピー・エンドへの期待をもたない。そのことが、明治以来の日本の政治思想史の中で、この人の政治評論を、独特のものにしている。

映画が日本のおもな大衆娯楽だったころ、映画の多くはハッピー・エンドにおわるものだった。映画を見に行ってその映画がハッピー・エンドでおわらないと金かえせと言いたくなるというのは、伊東静雄についてつたえられる逸話である。悲劇的な美しさを主題とする詩を書いていた伊東静雄が映画についてこういうことを言うところに、ハッピー・エンドへの期待が、どれほどわれわれにとって根ぶかいものかがうかがわれる。

学者は、もともと、ハッピー・エンドへの期待から自由な場所に自分をおいて、政治についての研究をすべきだが、なかなかそういうふうにはゆかない。明治以後の日本の学者のおもなよりどころとなった帝国大学は、日本の国家のかがやかしい未来をつくるための制度であって、何らかの希望を国家の未来に託することがなければ、ここで学問をすることはむずかしかった。大学からはなれて民間で学問をする場合には、もうすこし自由があったが、それでも、ある種のアジテーションを評論をとおしておこなう時には、運動の必要上何かの希望を託するにたる未来の姿をつくってそれを論文の末におくことがならわしとなった。だから、新聞雑誌の片隅のいくらかめだたないところにおかれる、傍系の評論家の文章、あるいは私小説家の随筆にだけ、ハッピー・エンドへの期待なしの政治思想が顔を出した。

大正年間の生物学者・丘浅次郎の社会評論などは、ばら色の未来をえがくものではなかったが、彼の論文は、政治の領域にかかわることはすくなかった。田岡嶺雲とか石川啄木の最晩年のエッセイにペシミズムがあらわれたことはあるが、政治評論を公然と書きつづけた人ではほとんど思いあたらない。

戦争中、私がシンガポールの海軍通信隊にいたころ、そこで一緒になった同僚から、その中学校の友人で、「わが国の前途暗澹たるものあり」という演説をして、中学校の校長からしかられた男のことをきいた。昭和十年ころの話だっただろう。日本の未来が暗いというだけで、指弾さるべきものとみなされるのが、日本の社会をつらぬく思想の流れだった。

激越なまでに暗さを強調する主張は、だいたいは、だからこの暗黒にたいして全力をつくしてたたかわねばならないというよびかけとなり、そのよびかけにこたえて行動すれば、光明がさしこんでくるという約束になる。

埴谷雄高がひとりの人間として生きている以上、彼としては、自分の日常の人生に幸福な結末を期待する習慣をまったくもたなかったということもないだろうが、書かれたものの上では、ハッピー・エンドへの期待に自分をゆだねたことがない。実人生の上ではあり得ない架空の場所をつくって、そこから人間社会を見ることを、一貫してつづけて来た人である。

その持久力は、私が読むことのできた範囲では、日本の思想史においてめずらしい。ことに、政治思想の歴史の上ではめずらしい。

埴谷雄高の思想は、多くのところで、西田幾多郎の思想に似ている。西田幾多郎は、処女作『善の研究』で、人間の思想形成以前の純粋経験の領域にまでふみこんでいながら、その彼の長い哲学的著作のはてに、もう一度、日本国家の思想のわくにとりこまれて大東亜戦争の思想宣言を起草するところまで行きついた。ここのところが、埴谷雄高とちがう。埴谷もまた、青年西田とおなじく打坐して、自分をとりかこむ思想より下のところまで、ほりぬいた。そしてそのようにしてほりぬいた思想以前の場所を、日中戦争がおころうと、大政翼賛運動がおころうと、大東亜戦争がおころうと、また敗戦後の米軍による日本占領がはじまろうとも、てばなすことがなかった。

埴谷のとらえたものは、西田幾多郎のとらえた絶対無にちかいものだったのかもしれない。私には埴谷雄高は西田幾多郎と双生児のように見える。しかし埴谷のほりおこした虚無は、日本政府の国家主義のわくにとりこまれるようなものではなかった。アメリカ政府の民主主義やソヴィエト政府の共産主義にもとりこまれないほどの弾力性をもつ虚無だった。

絶望は、好景気の時代にさかえる思想傾向だといわれる。たしかに、大正の成金時代、満洲事変以後の侵略成功の時代、昭和三十年代の経済大国時代に、絶望の思想はひろくむかえられた。だが、埴谷の政治思想の特色は、敗色濃い戦争末期にも、敗戦後の欠乏時代にも、ハッピー・エンドを約束する姿勢を自分に許さなかったことにある。

彼は生涯に二度、選挙に行ったことがあるそうだ。むろんそれは敗戦前のことで、一度はニコライ・スタヴローギンに、二度目は救世観音に投票したという。

「あなたの主な美点は？」という雑誌からの質問にたいして、彼は、「あきらめ、そして、やけくそなことをあまり見せずに生きている」と答えた。

（「文芸」昭和三十八年十月号）

二

幸福な結末への期待をもたないことは、埴谷雄高の精神の故郷ともいうべきもので、おさない時から、彼は自分が自分であることのおちつかなさを感じていた。自分が自分としてここにあるということが、何としてもおちつかないことだという肉体的直観があった。だから、この仮の状態をすてて、真の自分になることを考えたことも、あったかもしれない。しかし、そういう時は、しばらくの逸脱として終ったようである。やがて彼は自分の本来のエレメントにかえった。その本来のエレメントというのが、「真の自分」などというものではなくて、「自分」というものの中では、おちつきがわるいという自覚である。

埴谷雄高の政治思想は、このところを考えると、個人主義ということでは、言いつくせない。確固とした個人があって、その個人の権利を守ろうという考え方とちがうものだ。

むしろ、個人という座をかりて、そこにあらわれる思念の側から、自分個人をも一種の夾雑物として見る。

そういう考え方は、埴谷にとって、彼の存在のはじまりからあった。だが、自覚的にそれを一つの思想的方法として、政治思想の領域までふくめて系統的に用いるようになったのは、昭和七年―八年に彼が豊多摩刑務所の独房にいれられてからのことである。

そのころ彼はレーニンの思想の信奉者だった。独房の中で、はじめはドイツ語の学習のためにと思って読みはじめたカントの『純粋理性批判』が、彼に新しい世界を示した。それは、結果から言えば、彼の故郷への回帰だったのだが。

レーニンがすでに完全に克服したかのように言うカントでさえ、これだけ広大な思想領域をもっていた。とくに、経験にたいしてくわえられる先験的図式についての考察は、彼の心をとらえた。経験によってうらうちされないことについて考えをめぐらす時、どちらとも決断のつかないアンティノミー（二律背反）に人間の精神はであう。このような形而上学の領域に、普遍妥当の学をたてることは不可能である。そうとすれば、そのアンティノミーを、アンティノミーとして表現する方法を、科学としてではなく、文学として追求する道がひらかれている、と彼は考えた。

こうして、思想を思想ならしめる以前のものにさかのぼって、そこで思想をとらえる方法を、彼は、文学として追求するようになる。この方法をとる時に見えてきたものは、日本共産党が、(というよりは埴谷自身の仲間が)薄弱な理由でくりかえし事実をつくって来たことだった。とりしらべにあたる検察官は、自分の信奉する理論によって、事実をつくる。自分たちの党は、みずからの理論によって事実をつくる。どちらの公式資料においても、事実とは、つくられた事実に過ぎぬ。自分自身は、二系統のさまざまの事実のあいだにはさまれ、うずもれてしまう。理論をつくる以前の条件にもどって、そこから理論を見ることをカントからまなんだ埴谷にとって、理論は、とりうるさまざまの理論の中の一つにすぎず、その理論が事実と混同されることは、もうなかった。理論にあわせてつくられた事実を、事実としてうけいれることは、もうできなかった。

理論の下で事実としての自分がうもれてゆくことの発見は、やがて、埴谷の批判を、日本共産党の運動にたいしてだけでなく、国際共産党の運動にたいしても、むかわせる。

とざされた少数の人間の集団がきめた政治的決断を、ただ一つのあり得る理論と称して、下部の組織につたえ、やがてその組織につらなる大衆におしつけるソヴィエト共産党、これに支配される国際共産党は、もはや唯一の理論的権威とは考えられなくなる。

少年時代の埴谷はイプセンが好きで、やがてスティルナーにひかれて、無政府主義に達した。石川三四郎の小雑誌なども、とっていたそうだ。ソヴィエトの革命については、革命政府がアナキスト系のクロンシュタットの反乱を弾圧し、マフノの農民自治区を討伐したことに欠点をみとめており、論破するつもりでレーニンの『国家と革命』を読みはじめたそうだが、その中にかかげられた国家の死滅の理想にひかれて、マルクス主義の側に移ったのは、あくまでも、国家の死滅を約束するものとしてのマルクス主義であったことに注目する必要がある。というのは、彼がソヴィエト共産党の流儀のマルクス主義から自分を区別するようになった理由の一つも、カントの衝撃ということはあったとしても、やはりこの国家の死滅の約束を反古にするソヴィエト政府のやりかたにたいする反対にあったからだ。

彼の政治思想に理論的影響をあたえた書物をたどれば、⑴イプセン、スティルナー、石川三四郎、⑵レーニン、マルクス、⑶カント、ポウ、ドストエフスキーというふうに三つの段階にわかれる。ポウ、ドストエフスキーの系列はやがて、ジャイナ教のような東洋思想の伝統につらなる。しかし、埴谷の文学思想とちがって、その政治思想には、東洋思想の渾沌とした性格はあまり影響をのこしていない。

埴谷はつねに、「社会主義とは何か」、「革命とは何か」についての定義を構築することに自分の作業を限定し、みずからの定義の論理的延長から何がうまれるかを示唆するにとどめる。この方法には、決定論のしっぽがくっついている。現実の諸力がたがいにぶつかりあう時の偶然の役割、その時に生じる意外なものの出現について、埴谷は自分の領分ではないとして、あまり関心を示さない。それは、埴谷の政治思想が、独房での思索にその起源をもつことと深いかかわりがあろう。彼の政治学は、可能性の政治学にみずからを方法的に限定するものである。

ここには、たえざる原則の指摘があり、現状分析とか実証的調査をさける傾向がある。実証的調査をさける傾向は、埴谷が若い左翼運動家として、いつも事実をつくってきたことの自覚から来るものでもあり、また刑務所に入ってから検事が埴谷個人についての事実をつくってゆくのを目撃したことからも来るものだろう。彼は、経済情報の雑誌の編集者としてくらしをたてていたのであり、おそらく、統計にもあかるかっただろう。しかし、もともとスタティスティク（統計）などというものは、ステート（国家）のつくりだしたもので、その数字をつくりなおすことは政府の意のままであることを知って、彼の政治思想をのべた論文では、統計資料などを一貫して無視する態度をとったのであろう。

埴谷雄高が、チャンスを見てとる力をもっていないとは、思えない。武田泰淳の伏し目と梅崎春生の伏し目とを比較して、武田のほうは始終伏し目がちでいてただ一瞬相手をまっすぐに見てその本質をとらえると言い、梅崎のほうは伏し目でとおしながらも伏し目のままに自分の視野の一部に相手をいれて相手を端のほうからとらえているという。このように文学者の日常にたいしてくわえられた観察が政治評論にあまりあらわれてこないのは、政治が彼の青年時代の数年を食いつくしてしまった巨大な敵であるために、これにたいして論評をくわえるには、慎重を期して、抽象的原理とメタフォーによる暗示とに頼る他ないと考えたのかもしれない。

現実についての観察が、埴谷の評論にあらわれてくるのは、昭和三十五年の安保闘争以後である。

昭和四十五年のソヴィエト・東欧紀行『姿なき司祭』においてはつい最近の見聞にもとづく政治評論があらわれる。

埴谷は、自分の政治思想の基本用語を次のように定義する。

政治を考える方法――「すべてを、上下関係のない宇宙空間へひきゆく未来から見よ。……たとえそれが現在如何に激烈に思われようと、それらが未来から見て愚劣と看倣されるものは、すべて、必ず変革されると、私は断言する。いま眼前にあるものは革命家の心のなかに棲みついていた権力への意志であり、革命の組織のなかに置かれた八十八の階段である故に、その顚覆は容易ではない。だが、未来の歴史から出現してくる新しい世代は、支配と服従を巧みに温存して置こうとするあらゆるからくりを必ず受けつけやしないのだ。」(「永久革命者の悲哀」)

この場合、未来とは、過去から現在にいたる時間の流れをさらにまっすぐにのばした先に一点としてあらわれるものか。そうではなく、現在においていだかれている夢であり、時間の外に逸脱しているもう一つの時間であろう。

政治――「政治の幅はつねに生活の幅より狭い。本来生活に支えられているところの政治が、にもかかわらず、屢々、生活を支配しているとひとびとから錯覚されるのは、それが黒い死をもたらす権力をもつているからにほかならない。一瞬の死が百年の生を脅し得る秘密を知つて以来、数千年にわたつて、嘗て一度たりとも、政治がその掌のなかから死を手放したことはない。政治の裸かにされた原理は、敵を殺せ、の一語につきる……」（「権力について」）

殺すことによっておどすということの政治は、革命運動の政治においてもかわっていない。だが、革命運動は、もともとは、敵はかわり得るという認識の上になりたつものだから、殺すことによっておどす以外の方法をあみだすべきものである。しかし現実には、まだあみだしていないのだ。もし革命運動がその方法をあみだすならば、その時には、埴谷が定義したかぎりにおいての政治はなくなる。

革命——「ロシヤ革命より隔たること百二十年前、フランス革命より七年後、革命の不幸な結果について煩悶した深い全心情を法廷に激しく吐露したバブーフは、さらにマブリの言葉を引いてこう述べた。『もし君が吾々の悪徳の鎖を追ってゆくならば、その最初の環が富の不平等に結びつけられていることを見出すだろう。』革命の逆説の最初の認識者であるバブーフが引用したこの弾劾は、この現在のいま、僅か一語だけ次のごとく訂正すれば、それで足りる。——もし君が吾々の悪徳の鎖を追ってゆくならば、その最初の環が権力の不平等に結びつけられていることを見出すだろう、と。」（「革命の意味」）

ここで革命はまず人間の悪徳の鎖を追うて行く行動としてとらえられており、人間の自己浄化と結びつけられている。このような革命の定義は、マルクス主義が主として経済をもとに革命を考えたのにたいして、政治をもとに革命を考えることに導く。そして、レーニンの約束した国家の死滅が、革命の開始とともに、サボタージュされることなく革命家自身によってすすめられることが、革命の理念の中に定義によって入っていると主張する。
革命の革命——「さて、この革命の革命という純粋革命家の叛乱に屢々脅かされる波のような激動の過程を辿り行つた果て、革命のなかにおける党はいかになりゆくか、という最後の言葉をここにユーモラスで、しかも、厳粛な調子をもつたひとつのヴィジョンのかたちで述べておこうと思う。

もしバブーフが最後の『叛乱指令』を出すとしたら、革命のその段階ではいかなる例外も許されぬことをまず荘重に述べて、すでに権力から離れて同盟となつている党につぎのような穏和な勧告をするはずである。

——もはや革命が革命として意識されることなく自らを貫徹しつつあるいま、社会の事物の解明者としての性質をいまなお失わぬ君たちは、ひとりのこらずつつましき寄生者として小学校の教師の任を負われたし。君たちすべてに委託されるのは、さて、この世界全体の子供たちの未来である。」(「革命の意味」)

共産党は、そういう決断をなし得ないだろうという予想が埴谷にはあるので、だからなおさら、共産党のすぐわきにとどまってこのような呼びかけを永久につづけてゆこうという執念を彼はもっている。

革命家——「だが、たとえ彼の労苦が如何に深く苦痛が如何に酷しくとも、彼が彼自身の手足を用いているかぎり、彼は暴動者たり得るに過ぎない。彼は、革命家ではないのだ。革命家は、法則の把握者でなければならない。私は百も千も繰り返して言うが、理論をもたぬ革命家なるものを、絶対に認めない。そして、さらに言うが、自己の理論的無能及び理論的不足を補うに権力をもってする革命家なるものを、私は、革命家と認めないのだ。」(「永久革命者の悲哀」)

ここでは、理論にかえるに権力をもってするものを革命家と認めないというつよい主張があって、これは、これまでの革命運動への勇気ある批判となっている。しかし、手足の位置を低く考えすぎはしないかと思う。いくらか寓話めいてくるが、後年の埴谷がロシア人の通訳とともにクレムリンを見て歩いているうちにすっかりつかれてしまい、「貴方はもっと強い足をもっていなければならない」と言われるところがある(『姿なき司祭』)。そこを読むと、埴谷の政治理論が、わざときりすててきたところが、自然に復権されているように感じる。いかにして目標にむかって歩いてゆくかという問題は、政治思想として、やはりおとすわけにはゆかない。

三

埴谷雄高が何を言おうとしているのか、はじめは読者にはっきりしなかっただろうと思う。『不合理ゆえに吾信ず』という最初の思想表白は、どれほど理解されたかうたがわしい。しかし、時代は埴谷に追いついた。埴谷のとりくんだ問題が、時代の問題として、ひろく人びとの前におかれるようになった。

一九五六年のスターリン批判、同じ年のハンガリー叛乱とその弾圧は、埴谷の出してきた原則上の問題に、適切な例解をあたえた。このころから、埴谷の文章は、初期の『不合理ゆえに吾信ず』に見られるような激越なわかりにくさをぬぎすてて、おだやかでやさしいものになる。

ハンガリーの叛乱がソヴィエトの軍隊に弾圧されたあとで、埴谷は、江口朴郎、竹内好、丸山真男などの学者に次のようにこの事件についての解釈をのべている。

「私はハンガリー問題の必然性――遠因といえるかもしれない――について考えてみたい。というのは、事実問題がはっきりしないからでもあるわけです。

これは非常に大きな問題になるけれども、ロシア革命が起ったことは、決定的な意味をもっています。まず帝国主義と社会主義との矛盾が世界の基本的矛盾になったということが一つ、これは国内の階級対立が国際化されたわけですが、その上、まったく新しい矛盾がほかにもう一つ生じた。それは社会主義社会の建設が進めば進むほど、党ならびに国家は、自己否定――つまり自己の死滅の方向に向って進まなければならないという矛盾です。これはぼく自身の考えで、あまり検証されていませんけれども、第二の矛盾である国家権力の死滅の問題はまだまだ萌芽的な問題であるにもかかわらず、その決定的な新しさの点でたいへんに困難な、そしていくら強調しても強調しすぎることがないほど重要な問題をはらんでいると思います。その点、レーニンが革命のさなかで、『国家と革命』という著作をなしたということは驚くべきほど象徴的なことだと思います。この著作に示されている見解が、その後の社会主義建設の段階で当然発展された形で書かれるべきであったのに、そういうものが遂に現われなかったというところに現在の悲劇の根拠が潜んでいるのだと思う。すこし、ふえんして申しましょう。ロシア革命の出発点では、生産手段の社会化と政治権力の社会化が目ざされていた。あらゆる権力をソヴェトへというスローガンは、それを表わしていると思う。これは、ロシア革命の正当性を証明する事実です。にもかかわらず、その後の進展はどうであったか。これは第一の基本的な矛盾である、帝国主義諸国に包囲されているという困難な条件と関連しているけれども、しかし、最初の出発点で足ぶみしているどころか、ある面ではあと戻りしている状況すらある。しかし、国家権力の死滅はまだ未来のこととしても、生産力の発展につれて、社会主義の全般的な前進につれて、それの自己否定的な要素は必然的に現われてこざるを得ない。そして、その現われかたに、いまのところ三つの部面があると思う。第一には政治体制としての中央集権的民主主義の問題。第二に、国家機構及び党の組織の問題。第三には、一般的にいって、指導者と大衆という問題です。これらの社会主義にとって核心となる問題が自覚的に発展的に解決されようとしていなかったと、私は見る。レーニンが予言的に説いているにもかかわらず、上部構造の面で、現象的にも、理論的にも解決されようとせず、遅れたままのかたちで現在にまで至ってしまった。スターリンは『ソ同盟における社会主義の経済的諸問題』で、ソ同盟が共産主義に入ったかどうかという愚かしい論争が行われたとき、ややこの問題に触れていますけれども、生産力の飛躍的発展に比して遅れている政治体制のなかで矛盾が激成していることを階級闘争の激化というふうにとっているので、事態の本質はとりあげられない。これらのことが問題の根本だと思う。ところで、戦後東欧諸国が共産圏に入り、またその数年後には中国革命の勝利が達成された現在、帝国主義包囲下の一国社会主義の段階ではなく、帝国主義対社会主義の力のバランスがロシア革命当時とは変っている現在、そういう遅れた政治体制がなお適用されれば、社会主義圏全体のなかにいろいろな矛盾のかたちとして現われざるを得ない。そして、個々の現象として矛盾が絶えず現われているにもかかわらず、自覚的に問題をとらえ得ないとすると、その矛盾は何処かで爆発的な現われ方をする。チトー問題も、スターリン批判も、ハンガリーの悲劇も、同じ根から生れた多面的な現象だと思う。この自覚的に発展的に問題をとらえ得ないということは、ぼくの考えでは決定的なことであって、そんなふうなままで、個々の現象を、これはいいとか、わるいとかいっても、人類史のなかで社会主義の向う基本的な方向は示せないんです。人民日報の『再びプロレタリアート独裁の歴史的経験について』でも、私の感じとしては、党というものはいかにあらねばならぬか、あるいは、権力というものはいかにあらねばならぬか、という問題についての論理的な出発点は整理されているのに、社会主義における政治体制の矛盾のかたちを見出し得ないために、矛盾はスターリン個人の性格と頭脳に負わされてしまって、そのスターリンを支えていた根本的な矛盾は行方不明になっている。ところで、そういうコンミュニストの全体的に遅れた現状が集中的にハンガリーの悲劇に現われていると思います。ハンガリーではその最も悪い形が、党の指導者の中にあったわけです。包囲している帝国主義からの攻撃の条件は常にあるのだから、問題の基本は、社会主義を支えるプロレタリアートの強固な力は何によって裏打ちされるかを洞察しない共産主義者の想像力の貧困にあると思う。社会主義体制と帝国主義勢力との間に一応のバランスがとれ、平和的共存という言葉さえ漸く流行する段階に至って、レーニンの段階どころか、さらにそれより後退した地点に共産主義者が立っているということが、ハンガリーの悲劇から、さらにハンガリー論争にまでよく現われているんです。」(『現代革命の展望』「世界」昭和三十二年四月号、『架空と現実――埴谷雄高対話集』所収)

同じ座談会で埴谷はつづけて、ハンガリーの労働者評議会をとりあげ、社会主義建設の発展につれて、労働者大衆が自己による自己の支配の形を成熟させてゆくであろうとし、その自治の成熟にあわせて中央政府の機構があらためられてゆくことが当然であるのに、ハンガリーではそのことが社会主義出現後十年たってもおこなわれず、ついに労働者評議会対政府という形の対立に発展していったという点を指摘する。

もう一つ、ハンガリー事件で重要なのは、社会主義国における軍隊とはどういう性格のものであるべきかという問題だと言う。社会主義国家には国家権力の自己否定という方向がはじめに採択されているのだから、その社会主義国家のもつ軍隊が、非社会主義国家の軍隊と同じものであってよいわけがない。社会主義国家における軍隊とは何かという問が、その軍隊の創設の時から一貫して問いつづけられなければいけないという。ソヴィエト・ロシアの軍隊は不幸にしてそういうものではなかったわけで、そこにハンガリーの悲劇は、理論的にふくまれてくることとなると言う。

この「現代革命の展望」という座談会は、同じ顔ぶれで、「革命の論理と平和の論理」と題して、つづけられている。(「世界」昭和三十二年五月号、『凝視と密着——埴谷雄高対話集』所収)

ここで埴谷は、水素爆弾を前にして現代の共産主義が苦悩していると述べ、ソヴィエト・ロシアの指導者がブルガーニンにしてもジューコフにしても、この水爆を帝国主義国とおなじ意味において自国の武器にしようとしていると言う。だが、埴谷自身は、社会主義国のとるべき政策は、こういう政策ではなくて、「水爆を管理せよ」というスローガンと運動を相手国の内部ですすめて、生産する技師、労働者、使用する兵士の間にそれがひろがってゆくようにすることだと言う。

このようにして、埴谷は、初期の箴言時代とちがって、背広をきた会社員が言うようなわかりやすい言葉で、実際的な提案を、政治についてするようになった。

やがて、ソヴィエト・ロシアでもなく、ハンガリー、チェコ、ポーランド、ユーゴでもなく、この日本で、埴谷の説いてきた「指導者の死滅をねがわぬ革命運動」の欠陥がはっきりあらわれた時、彼はこれまでとちがって、埴谷以外の人間がするように、群衆のあつまる場所に出て行って、終日歩いてまわっている。

昭和三十五年五月—六月の安保闘争にさいして、デモとともに歩きながら、埴谷は、状況の一点から次のような感想をひきだしてくる。

「私がデモのなかよりデモの傍らを歩きながらおぎりぎりと頭蓋をしぼつて考える陰謀的空論

家たらざるを得ないのは、ひとつには私の胸裡に謂わば古くから医しがたい痼疾となつている《偏見》があるからである。私が小歩道の上をめぐり歩いて片側の車道の上でデモの隊列を眺め、また、反対側の国会の柵の近くに殆んど一米置きに並んで立つている警官達を眺めるとき、さまざまな鮮烈な感慨と発想を覚えたけれども、請願所という愚かしい名前がつけられて国会議員が立つている場所の階段の前を通るときほど、快感と滑稽と憤懣の念が謂わば分裂症ふうに反対共存したまま一時に湧き起つて私の軀をむずがゆく揺すりつづけたことはなかつた。快感というのは、絶えず高まりゆく大衆行動の隊列が階段の前を通るごとに、毎日、毎刻、毎瞬、この階段の上に立つている古ぼけた指導者達がまた同時に絶えず追いこされているからであり、滑稽というのは、その追いこされたもの達が追いこしゆくものの背中へ向つて激励の外装の下に諂らいと懇願の言葉を投げかけているからであり、そして、憤懣というのは、古い指導層を踏み越えゆく巨大な層の自身の力についての自覚のさらなる徹底化が、ただに古ぼけた指導層によつて滑稽にひきとめられているばかりでなく、新しく登場した知的な指導者群によつても《生真面目に》おしとどめられているからであつた。その生真面目な合言葉は、憲法擁護、民主主義擁護、国会正常化という類の言葉によつてはじまつているが、民主主義にも支配者の民主主義と働くもの自身の民主主義があるという《偏見》をいだいている私としては、前記の立場に立ちどまつていることができないのである。いま代議士達が立つている階段の前を絶えることもなく通つている巨大な人の渦、この大衆行動の内部に育まれ成長しつつあるものをただ国会正常化のための支柱と見ることは私の《偏見》が許さないのである。それどころか、私の偏見をもつてすれば、そこにある萌芽的なものがもしそのまま成長するならば現秩序の擁護ではなくその否定、まつたく新しき秩序の創造という遠い遙かな開花へまでついに到達するだろうこと、ここにいる代議士などに頼ることなく、民主主義の最も徹底したかたち、即ち、働くもの自身による自らの支配にまで到達するだろうことが透視されるのである。」（「六月の『革命なき革命』」「群像」昭和三十五年八月号）

デモの中から新しいデモが自発的にわきおこるというこの五月―六月の国会周辺の動きに出会って、埴谷は、もともと彼がもっていた自己権力の思想をそこに見出す。人間は、他の誰にも代表されることのできない存在である。このことを自覚する時、彼は、自己権力の思想にゆきつく。そのように自己権力の思想に行きついた人間がたがいに協力する時、そこに自治がうまれる。それは、外部の指導者に指導されることをねがわない。

五月―六月の運動の理念を、彼はこのように書く。

「恐らくこんどの国会デモ以後の私達の課題は、個人の自由と幸福をまもる市民意識の徹底化と、階級的な不自由と不幸とを打破する闘争のなかで成長する自己権力の自覚とのあいだの二重の接点を、どのように拡張しゆくかであつて、その絶えざる弾条は、市民意識の底部にも資本主義的生産の過程にもあるところの《変革》の意味をついに見失わないことにただただかかつていると言えるだろう。（『自己権力への幻想』「読書人」昭和三十五年七月二十五日）

四

埴谷雄高の政治思想は、それにもとづくアジテーションができないようにできている。それはくりかえし未来をとくけれども、モーゼが彼の民族に説いたような仕方で約束の地を教えはしない。

彼の政治評論は、彼と絶望を共有するものにしか、うったえる力をもたない。その政治評論のメッセージは、たえざる自己解体への呼びかけである。集団にむけられた時、それは集団のたえざる組みかえへの呼びかけとなる。国家にむけられた時、それは、永久革命への運動のよびかけとなる。

彼の文学評論に、くりかえしドストエフスキーが出てくるように、彼の政治評論にはくりかえしレーニンが出てくる。彼のつくった寓話によれば、ある日レーニンの遺体が急になくなった。それを見物人のひとりが見つけて叫び声をあげると、衛兵がやって来て、棺の中をさがす。棺の中には、遺体の代りに一冊の本、『国家と革命』があるばかりだった。やがて、国境にたつすべての兵士の耳に、どこからともなく、「撃てというものを撃て」という声が、ひびいてくる。

撃てというものを撃つという逆の序列の弁証法から、ソヴィエトの国家はまぬかれることができない。そこから、現在の社会主義国家を批判してゆくことが、現実に成功するかしないかにかかわらず、運動として必要だというのが、埴谷の思想であり、その運動の起動力をつねにどんな小さなところからでも起してゆかなければならぬというのが、彼の政治哲学の支点である。その支点は、人間の存在があるかぎり、というよりは、埴谷雄高にとって、自己の存在があるかぎり、うしなわれることがないという確信が、この哲学の基礎にある。

組織論について、埴谷は、随分、実際的な提案もしてきた。たとえば、新日本文学会のような大衆団体までが、共産党の幹部会にならって、幹事会などというものをつくるのは、馬鹿げているという意見は、さかのぼってゆけば、埴谷の心の中ではレーニンがソヴィエト国家にたいしてはじめにたてた約束にゆきつく。レーニンは、革命によって新しい国家をつくるにさいして、すべての官僚の俸給は熟練労働者の平均賃金をこえてはならないと言い、かれらがつねに選挙とリコールの制度をとおして大衆によって解任されることを約束した。この原則は、国家を倒すための革命運動においては、もっと徹底的に守られなくてはならない。直接に政治にかかわらない大衆運動においても、同じ原則を守ってゆくことが望ましい。指導が必要な場合には、指導者がスポーツのコーチのような機能的な指導者にいかに転じ得るかをたえず新しく工夫することが、組織論のかなめだという。

このように埴谷の政治哲学は、はじめからおわりまでたえざる呪文のつぶやきであるのではなく、意外にプラグマティックな行動準則の面をももっている。しかし、プラグマティックな用語にうつしかえられた時、埴谷の政治哲学は、その特色をうしなう。論理的にうしなうというのではないが、修辞学的に人の心の底にまではたらきかける埴谷独特の語りかけの力をうしなうのだ。それは、埴谷の政治哲学の根本の力が、社会組織のくみかえについてのあれこれの実行計画の提案にかかわるものではなく、自己のくみかえへの呼びかけにあるからだ。国家論、組織論についてはかなりのところまで実際的な性格をもつ埴谷の議論も、その原動力を構成する自己論に達すると、実行計画などというものをふみこえてしまう。

埴谷にとって、革命への志向の出てくる場所は、自己の運動の中にあり、そこからはじめない革命運動は、革命志向のない革命運動への道を歩まざるを得ない。その自己の革命運動の起点は、自己の中にたえずわきおこり自己の中に住みつき自己をおしのけようとして育ち、自己を追いこしてゆく夢である。この人生を好まないとしても、生れてしまった以上、誰しも夢みる権利はあるというのが、埴谷の政治哲学を支える石である。それは、埴谷の政治哲学が、部分としてきわめてプラグマティックな政治学を含みながら、その推力をなす部分において形而上学だということと対応する。

夢は、それ自身としては政治力をもたない。しかし、政治運動の根源に夢みる力がなくなったら、その政治運動は機械的な力の行使になる。夢の存在自体が、政治についての現実主義的把握の一部にならざるを得ない。

革命は、埴谷によって、悪徳からの浄化への努力として規定される。悪徳の鎖を追ってゆく時に、十八世紀においては富の不平等が最初の環として見出され、二十世紀の今日においては富の不平等でなく権力の不平等が最初の環として見出されると埴谷は書いた。その悪徳の鎖をつたってゆく努力を革命運動だとするならば、それは社会を場とする魂のすくいの運動となる。それは社会条件の変革をとおしての人間の可変性を信じる故に、かつての政治のスローガンである「敵を殺せ」という方式を採用しない。このような運動が、現世において成功するかどうかについて、埴谷は、だんだんにうたがわしくなってきたようだ。彼が、政治ではなく文学を自分の仕事として選んだことと、現世についての究極的革命への絶望とはかかわりがある。にもかかわらず、革命への努力は、文学を仕事とえらぶにしてもえらばないにしても、続けてゆかなくては、人間として生きる条件がなくなる。こうして埴谷は、革命への行動の起点に文学者としてかかわりつづけることをとおして、現実の革命運動との彼自身の接点をもつ。

(『埴谷雄高作品集3』一九七一年六月三十日　河出書房新社)

手紙にならない手紙

今はひらたい時代に入っているように私には感じられます。そのひらたい感じは、日露戦争以後の大正時代にもあったように思えます。

元旦で一年がはじまり、大晦日で一年が終る。こどもにとっては、朝おきて小学校にゆき、学校が終ると家にかえる。そういう人工の規則が約束事と思えず、自然の現象のように感じられるという時代でした。

そういうひらたい時代から埴谷さんのような人があらわれたという事実は、今の日本にもそういう人がどこかにいるということを思わせます。

眼がさめると、まぶたをすぐにはあけず、両腕をゆっくりと宙につきだす。

この両腕を宙にさしだす私の暁方の動作は、《こうとしか見えず、こうとしか考えられない》一種遁れがたい罠である白昼の法則に、さてこれから従わないことをあらかじめ表示しておくところの私流の《存在への挨拶》にほかならなかったのである。

(「《私》のいない夢」『闇のなかの黒い馬』)

眠りは約束事からときはなたれた荒野で、そこには国境はなく、人間であるという状態からはずれて、存在と非存在の不分明な領域です。その眠りに入るこつを見つけて迷いかたに習熟された人が、現世の日本にもどってくる時、満洲州事変も大東亜戦争も、国際共産党も、かたくそれにしたがうべき軌範をあたえるものとは感じられなかった。おなじような習練を、からだの底にたくわえている人が、おそらくは今もいるでしょう。

そうした人たちの交信を、新法とかパソコンとかデモとかの形で計画してみるということを考えているわけではありません。テレヴィジョンの片隅にでも別の感じ方の露顕を見つける時にはたのしみですが、それはむしろ、不意にあらわれてくるのを待つほうがおもしろい。私個人としては、埴谷さんの『闇のなかの黒い馬』をめくって、その片隅に、しるしをつけるほうを好みます。マージナリアという方法です。戦争中は、到着したてのシンガポールの軍港にすわっている古兵のひげのはえかたを記号に見たてて解読したので、それも不立文字を読むひとつの息ぬきでした。

手紙を書くというのは、字の下手な私にとって、よい方法ではありません。直接に面談というのも、私にとっては、それにふみきる動機にとぼしい方法です。私は酒をのまないので、埴谷さんとはなしをするのにふさわしい間《ま》がとれません。しかし、埴谷さんは、私の近くに住む少年浪人が京都から東京までたずねていった時に、あってくださり、かえりに吉祥寺で、名物のまんじゅうをおみやげにおくられたそうですね。まんじゅうもまた、メッセージを託するに足るものなのでしょう。

私が埴谷さんにお目にかかったのは、竹内好さんの御見舞の時に出会った何度かを別にすると、両三度にすぎません。読者としては、敗戦の翌年の正月に、「近代文学」創刊号で『死霊』のはじまりを読んで以来です。この時にはわかりませんでした。自分の心にふれるものに出会ったのは、「綜合文化」に「即席演説」を書かれた、その中で、『ペール・ギュント』の芝居を見た折にふれて、のっぺらぼうのボイグに応援するくだりでした。

くねくね入道のボイグと主人公のペール・ギュント（丸山定夫）が格闘する。その格闘を観客として見て、ボイグに肩入れするその姿に感動しました。その時に、おたがいの領域が交錯することを感じました。

それから四十七年。今、『闇のなかの黒い馬』をひきだしてきて読んで、自分の存在のうらにある非存在の感覚に、親しいものを感じます。宇宙の闇をかける黒い馬。これは私の中にあるイメージとかけはなれています。私にとっては馬は乗るものとしてあり、この五十五、六年、ほとんど乗りませんが、今も乗れるだろうと思い、馬に対する自分の反動を、じかに今も感じることができます。思索の風景の中の抽象的な馬を、自分のものとして感じることができません。ここのところで埴谷さんとちがって、私は日常につかって生きていることを感じます。宇宙の果てまでかけぬけることに興味をもたず、ただここにいるだけです。

宮崎駿の「風の谷のナウシカ」と「となりのトトロ」にふれて、手塚治虫の漫画とのちがいは、「動物や昆虫が、ひと言も人語をしゃべらずに、重厚な存在感をもちえている」と、川喜田八潮は『〈日常性〉のゆくえ』で書きます。このようなとらえかたの中に、ひらたく見える時代のただなかで、眠りをもつらぬくしぐさを保つ人はいるのでしょう。

自問自答で、これでは手紙になりません。

御元気で

（「太陽」一九九二年六月号）

『死霊』再読

I　はじめに

1

六十年前、兄事していたTさんに、本を毎日読んでも、それが記憶からたえずこぼれてゆくのをなげいた。

そのときTさんは、古い中国のはなしを引いて、川のそばで年老いた女が布をすすいでいた、そこをとおりかかった若い男が老女をからかって、毎日おなじ布をすすいで何になるのかと言った、すると老女はこたえて、こうして毎日川の水をとおして、何年もたつうちに、いくらかは布の色はかわると。

出典をそのときいたが、忘れた。だからこのはなしは、もととちがっているかもしれない。

その一枚の布に、『死霊』は似ていると思う。

2

『死霊』の着想は、作者が一九三三年に独房のなかで得たものであるとして、そのすじがきは、六十四年かわらなかっただろうか。

この作品の言語は、登場人物のはなしも作者の地の文もふくめて、大正時代をひきずっている。大正時代とは、明治末の日露戦争終戦のときから大正をこえて、昭和はじめにかかる。その期間の旧制高校生の言語である。その言語を、作者は、作品を書き終えた平成八年まで、はじめとかわりなく保ちつづけたであろうか。

他日、『死霊』が記号の統計学的分析にかけられたとしたら、名匠の設計であっても、いくらかのくるいが認められるのではないだろうか。

みじかいながら日本で最初の西洋哲学全史を書いた高野長英、今日までのこっている西洋哲学と人文学の学術語をつくった西周、この人たちの文体とは、おなじく哲学を述べても『死霊』の文体はおもがわりしている。

旧制高校は、一八八六年（明治十九年）に、第一から第五までの高等中学が設置されたことにはじまる。英国のパブリック・スクールを手本としていたので、初期には、社会全体の指導者を養成することを目標としていた。男だけの学校であり、男三百人に一人の進学率だった、旧制高校が十四校までふえても、百人に一人という進学率だった。日本中の男子の〇・三パーセントから〇・七パーセント（竹内洋「旧制高等学校とパブリック・スクール」学士会会報　一九九八年一月号）。

日本の高等教育がイギリスよりからドイツよりになるにつれて、同時代のドイツの哲学が日本の旧制高校に深い影響をおよぼすようになった。

悠々たる哉天壌《かなてんじょう》、遼々《りょうりょう》たる哉古今《かな》、五尺の小軀《しょうく》を以て此大《このだい》をはからむとす。ホレーショの哲学竟《つい》に何等のオーソリチーを値《あたい》するものぞ。万有《ばんゆう》の真相は唯一言にして悉《つく》す曰《いわ》く「不可解」。我《われ》この恨《うらみ》を懐《いだい》て煩悶終《はんもんつい》に死を決するに至る。既《すで》に巌頭に立つに及んで胸中何等の不安あるなし、初《はじ》めて知る大《おおい》なる悲観は大《おおい》なる楽観に一致するを。

（藤村操「巌頭の感」一九〇三年五月二十二日）

藤村操の自殺は、戦争にむかってのぼりつめてゆく日本でなされた。十八歳の一高生ののこしたこの文章は、その行為によるうらづけとあいまって、大きな影響を同時代にのこした。同窓生の何人かはその下宿がやがて「悲鳴窟」とあだなされるまでに、下宿生があつまって、おたがいの悩みをのべ、ともに泣いたという。死の他に安住の地がないのに、自分がとりのこされて生きているのは、真面目さが足りないからであるとして、みずからを責めた（安倍能成『岩波茂雄伝』岩波書店　一九五七年）。

日露戦争の終戦。大逆事件の名による反対運動家の死刑。日本は国家として大国になるとともに、思想の自由をせばめてゆく。ヨーロッパ世紀末の憂鬱をになうオットー・ワイニンゲルやマイレンデル（これは森鷗外と芥川龍之介の紹介で流行した）の影響で、自殺への衝動は、読書人のあいだにつよい伏流をつくり、自殺を視野におく哲学言語が、この時代の青年たちのあいだにおこなわれ、その流れは大正時代をこえて昭和時代の大東亜戦争にのみこまれるまでつづいた。大正時代の中学生だった埴谷雄高の思索の背景となるものであり、いわば彼の母語である。

レルモントフ、ゴンチャロフ、スティルナー、キェルケゴール、イプセンなどの著作を埴谷は早く読み、マルクス、レーニンにかわる前の、彼の思索の方向をきめた。が、やがてレーニン『国家と革命』を反論するために読みはじめ、読み終ったときには説得されていたという事件があり、そのときから積極的にマルクス主義者として活動するようにかわる。共産党幹部がいっせいに投獄されたことから、二十歳そこそこで、農民運動の方針を起草する指導部の一員となり、やがて検挙される。獄中で、ドイツ語の学習のためにカントの『純粋理性批判』を読み、これがふたたび転機となって、カントの、形而上学の領域では正反対の立言でも根拠をもたずに主張することができて、真偽をきめられないという判定に出あい、それならば、妄想としての自覚を手ばなさずに、妄想の実験記録を文学として書いてゆこうという新しい出発へとふみきる。このとき、大正期の哲学言語は埴谷によって新しい自覚のもとに、ふたたびとりあげられることになる。『死霊』の作者は、マルクス、レーニン以前、そしてスティルナー、イプセン以前の、台湾ですごした幼少時代から心の底によどんでいた気分にもどってゆく。

一九〇三年の藤村操の自殺のおこした波紋に、黒岩涙香の『天人論』があり、泉鏡花の『風流線』『続風流線』があり、埴谷雄高の『死霊』は、それらと類縁関係にある。そう考えるとき、日本の同時代とかかわりなく、天からふったようにあらわれた作品としてではなく、百年の巾で日本と世界の風俗を見るならば、この長篇は風俗小説であると言うこともできる。その場合にも、これを風俗小説からわかつ種差は、作者が母語におぼれることなく、それをみずから妄想と判断して、妄想として極限まで展開してゆくその方法にある。すでに一九五〇年に旧制高校は事実上なくなっている。旧制高校の哲学言語の狭さを十分知った上で、とざされたものとしてこの言語の文法を駆使する作者の心の位置から、『死霊』という作品の自由があらわれる。このパラドクスを、この作品があらわれたとき炯眼の批評家伊藤整さえ読みとれなかった。

3

一九三三年から、埴谷の視点は、動かない。

埴谷雄高が、大正と昭和の重大事件を見ていなかったというのではない。二十世紀の重大な思想にふれなかったというのでもない。しかし、そのふれ方、見方は、同時代の日本の文学者・思想家・哲学者とちがう。

スターリン、シェストフ、ハイデッガー、ゴットトル、シュパン、ローゼンベルク、小林秀雄、保田与重郎、サルトル、毛沢東、文壇・論壇の話題となったこれらの人々によりそうとか、しなうということをしなかった。満洲事変以後の「非常時」、「国体明徴」、「大東亜新秩序」、「国体護持」、「デモクラシー」、そういうそれぞれの時代の潮流に身を託して、新聞雑誌の誌上を抜き手をきって進むということも埴谷にはなかった。

無の哲学を数十年来説いた西田幾多郎が矢次一夫にこわれて、大東亜戦争を基礎づける宣言を起草し、おなじく大正以来の虚無思想家伊福部隆彦が戦中に『老子概説』を書いて、大東亜の盟主である日本の天皇が今日、老子の思想を世界にあらわしていると説き、東大新人会の時代にバクーニンの『神と国家』紹介をもって登場した本荘可宗などこれら虚無の哲学者が大東亜戦争の意義を説くのと対照をなして、埴谷は、明治国家の天皇制をふみやぶり、無からの見方にすわりつづけた。ここにはよごれた布を川にひたす、老女の姿勢がある。

この一枚の布は新しく染めかえられることなく、第二次大戦後の高度成長の日本をもくぐりぬけた。

4

時代のもってくるどんな新思想の色にも自分を染めかえさせない一枚の布には、もともとどんな文様が染めだされていたのか。

それは、植民地で見た、日本国民が土地の人を日常の一コマ一コマでさげすみ、人間のくらしをおしまげているという記憶。

東京に出てから青年として参加した抵抗運動そのものが、上部から下部への命令によってしばしばられているという記憶。

運動の外部からスパイがおくりこまれ、運動の上部がすでにむしばまれ、運動は混乱の中で、確たる理由なく、仲間を私刑にするに至ったという記憶。

作者は、一九三二年三月に検挙され、五十数日を留置場ですごした後、不敬罪および治安維持法によって起訴され、豊多摩刑務所におくられた。肺結核のため、あくる年に何度か病監に移され一九三三年十一月、懲役二年、執行猶予四年の判決を受けて出所。転向調書のうち、天皇制について、宇宙はやがて崩壊する、そのときに天皇制もまたなくなるという主張を、それ以上、追及されることは、なかった。一九三三年にはまだ天皇制を支持し、天皇の下におこなわれている戦争を正義として認めることは、転向の条件とされていなかった。

作者は、検挙される前の一九三二年、農業綱領草案の起草にたずさわっていたころ、後にスパイであることが判明した大泉兼蔵と相知ったが、この人がスパイであることを知らなかったという。

作者の出所後、大泉兼蔵が検察側から日本共産党におくりこまれたスパイであることを知らされ、この人が幹部となっていたことを知らされた。

大泉兼蔵は、一九三三年十二月二十三日、小畑達夫とともに、東京・幡ヶ谷のアジトに連れてゆかれ、スパイ容疑で査問された。スパイ容疑を否認した小畑は、そこで心臓ショック死。大泉兼蔵は容疑を認め、党員の前で、自殺するとのべた。党からすすめられて大泉のハウスキーパーとなっていた熊沢光子《てるこ》にとって、これはショックだった。熊沢も査問の席におり、大泉とともに自殺する決意をして、遺書を書いた。

私達が出来得る党に対する最後の奉仕として公然たる死を選んでしかばねをプロレタリアの前にさらしましょう、一ヶ月以上も洗ったことのない体ですが、どうか御免下さい、どうか灰にしてください。

熊沢・大泉の両人は、党の監視つきで目黒の二階家に移されたが、一九三四年一月二十五日、自殺決行日を前にして大泉の逃走計画のために警察にとらえられ、同年六月三十日起訴された。熊沢光子は、一九三五年三月二十五日、獄中で日本手ぬぐいを小窓の鉄わくにむすびつけて、首をくって死んだ。その遺書は、父母にあて、肉親の情にあふれるものだった。二十三歳だった。

熊沢光子《てる》(一九一一年八月九日—一九三五年三月二十五日)は、福井県武生うまれ。名古屋市の出身で、愛知県立第一高等女学校専科在学中に社会主義に関心をもち、上京して一九三二年日本共産党資金局本部の女事務員となった。中央委員大泉兼蔵のハウスキーパーとなる。大泉が新潟に妻子をのこしていることは知っていたという(山下智恵子『幻の塔——ハウスキーパー熊沢光子の場合』ＢＯＣ出版部、一九八五年）。

熊沢光子が、伝説上の人であったために、彼女の出身地名古屋では、彼女の自殺は左翼の青年たちに衝撃をあたえた。その記憶は、ながく、青年たちの心にのこった。名古屋の第八高等学校出身の平野謙にとっては、終生忘れることのない出来事となり、がんとの闘病のなかで最後にとりくんだ主題は、このリンチ事件と熊沢光子のまきこまれた事実とであった。それは平野謙の、日本共産党との距離をきめ、国際共産党との距離をきめた。

埴谷雄高は、投獄前に大泉兼蔵を知っていたが、熊沢光子の自殺については、出獄後に仲間うちからきいた。一九三九年十月創刊の同人雑誌『構想』の同人にくわわったとき、同人のうちに平野謙、荒正人、佐々木基一、山室静などのちの『近代文学』創立メンバーがおり、とくに平野謙と熊沢光子の終りについて話しあう機会があり、平野の没前の著書の編集について埴谷は力をつくした。リンチ事件について二人のきずなはつよく、戦中の困難な時期、戦後の日本共産党との対立、党からの中傷にたえ、その後の高度成長期のなかでの問題の拡散と忘却のなかで、その記憶はあざやかさを失うことはなかった。

『近代文学』創立同人のきずなの強さは、一九四五年以来、一九六四年の終刊までを支える力をもっていた。その前史は、戦中弾圧期にたえる共通の姿勢にあった（平野謙『「リンチ共産党事件」の思い出』三一書房、一九七六年）。

『死霊』のなかで「死者の電話箱」という発明は、リンチの死亡者からの生者への返信の方法であるが、この長篇について述べる前に、著者の経歴にもどろう。

仲間にうらぎられて密告でとらえられ、とりしらべられるうちに、自分のききがきは検察官によってつくられ、自分はそれに印をおすだけというからくりになっていることがわかった。これが取調べ調書である。

自分の属している党の側でも、自分の行為と思想について、そのときの上部の都合でゆがめた発表をおこなっていること。国家と党との両方の公式記録のあいだに自分はおちているという記憶。

すでにソヴィエト連邦でも、粛清はすすんでおり、裁判所発表の当事者の罪状告白は信頼するにあたいしないという推定。

ここから、科学的社会主義の名の下におこなわれる状況記録は、そこで権力をにぎっているものの都合によってまげられているという推定。

それらは、二十三歳のときの埴谷雄高が独房の壁に直面したときの一枚の布である。日本国体の自覚へのさそいがあっても、日本共産党からの断罪があっても、大東亜戦争開始があっても、日本敗戦と米軍による日本占領があっても、東京裁判があっても、それは、もとの一枚の布に彼が読みこむ智恵によって、その一々の事件にゆすぶられて、自分をかえるきっかけとはならない。

しかしもとの一枚から、どのような文学作品を埴谷はつくるのか。

5

かりに明治新政府成立の一八六八年以後を近代日本と考えるなら、百三十年のあいだの近代日本思想史・日本文学史のなかに埴谷雄高の作品の系譜はない。おなじ転向文学と言っても、島木健作と一緒にすることはできない。中野重治ともはっきりちがう。大正のモダニズムにつらなる思想からの逸脱としても、高見順、伊藤整、高田保とちがう。『死霊』の思想は仏教と類縁関係にあるが、西田幾多郎、暁烏敏、妹尾義郎ともちがう。アナキズムと近しいが、岩佐作太郎、菊岡久利とちがう。これらの人々の転向の軌跡とちがう道を埴谷がとったのは、転向点において、彼の中にあったフィルムの薄さしかもたぬ、しかし、長年月にわたって彼の見るものにたいして有効な濾過装置となる記憶の役割である。

そしてそのおなじ濾過装置が、埴谷の他人にたいするおどろくほどの寛容の支点でもあった。ことに戦後に入って、埴谷は多くの文学者についてすいせん文をよせた。その人の作品にあるすぐれたところを見出して、それを表現することにたけていた。これは、一九三〇年代の知識人の熟慮なき転向を見たものの深い絶望の中から作品を見つづけているために生じた、おだやかな評価であったと思われる。この評価のスタイルもまた、戦後文学の中で、埴谷をきわだった人とする。

近代日本をさかのぼって伝統をさぐれば、埴谷雄高の作品の系譜は、江戸時代の芭蕉の俳諧にあり、室町時代の世阿弥の能にある。戦時中、埴谷は、酒場の雑談で、立川流仏教中興の祖とマダムに名づけられたそうだが、性についての埴谷の造詣は、江戸時代からの遺産である。雑誌「近代文学」の創立メンバーは、戦後の日本に、戦前とは別の近代をつくろうということにおいては志をともにしていたが、明治以後の日本の近代をつぐことを目ざしていたのではなかった。本多秋五は、自分の批評について、五千年後には認められるであろうという自信をもっていた。山室静は、デンマークのヤコブソンの『ニールス・リーネ』（これは近代）を愛読し原語からの訳者となった人であるとともに、近代以前の日本人良寛につらなる人でもあった。埴谷もまた、明治以前の日本に、思想上の友人をもっていた。

II　すじを追うて

6

郊外にある瘋癲《ふうてん》病院から、長篇ははじまる。構内に高い塔があり、頂上の大時計が時をうちはじめる。大時計の文字盤には十二支の獣がえがかれている。このことからこの病院が架空の存在であることがわかり、ここにとじこめられている患者がこころゆくまでみずからの妄想をくりひろげることのできる場所であることも察せられる。

ここにながくとじこめられていた旧制高校生矢場徹吾が、今日ここから解放されるので、矢場の高校時代の友人三輪高志（自宅でねたきりである）の弟でおなじく旧制高校生三輪与志（この物語の主人公）が、むかえにきたところである。こうして、瘋癲病院内にこれまで凍結されていた旧制高校の哲学言語は、社会に解放され、この時にはじまって、逆転して、世界がその時間空間もろともに、とざされた哲学言語によって縦横無尽に論じられることとなる。

魔の三日間がはじまる。

論争の決着はどのようにつくのか。戦後の学生運動家の論争のように、声の大きさで勝負がつくのではなく、同調する仲間の多数か少数かでつくのでもない。論者はそれぞれ孤独であり、ぼそぼそとつぶやくか、あるいはまったく黙ったままである。しゃべりまくるものも、ひとり、いることはいるが。

当事者個人の確信の持久力によって、優勢劣勢がきまる。しかし、論争に究極の終りはなく、究極の決着はつかない。この点では、カントの『純粋理性批判』の批判の規準に合致している。ただし、論者は決して、カントを権威として引用することはない。カントも、ヘーゲルも、ショーペンハウエルも、マルクスも、レーニンも、出てくることはない。ソクラテス前派の論争もひかれるが、それをになったエムペドクレスも、ヘラクライトスも、デモクリトスも、またソクラテスと彼を語りなおしたプラトンも、名前をあげて引用される権威として論争に力をそえることはない。

作者は、この長篇前の時代に、権威の引用にうんざりしていたのであろう。この長篇の論争が実在の旧制高校生の論争とちがうのは、ここでは夢のなかの論争のように出典はなく権威もないというところであり、そのために、すっきりした形になっている。

7

『死霊』の登場人物は、旧制高校生・もと旧制高校生だけではない。その男たちと交渉をもつ女たち、すまいを提供する在日朝鮮人がいる。この人びとは、小説の大半を占める哲学言語のゆきかいに、どのように反応するか。

主人公三輪与志の婚約者津田安寿子の母親津田夫人は、この旧制高校生の言語にどう対したか。彼女は、口かずのすくない三輪与志にたいしては、はじらいがちの乳臭児として、いらだちをふくむやさしさをもって対している。母親には、そういう人も多い、突然自分の家に入りこんできた首猛夫（与志の兄の旧制高校の友人）がしゃべりまくる哲学言語にたいしては、その意味（意味があるかどうかはあやしいが）に反応せず、生活的語り口をもって、打てばひびくように、口をはさむ。会話の途中で、夫とともに葬儀にゆかなければならぬ時間になって、彼女は夫と一緒にゆく自動車に、この首猛夫をさそう。彼を気にいったのである。

――まあ、解りましたわ。遠まわしに、まわりくどく、ちよつと聞いただけでは何を云つているかも解らぬような仕方で説明して下さつた貴方の話が、すつかり私に解つたのですわ。貴方はこう云われるのでしょう？　いまの青年が弄んでいるのは、とるに足らぬ、詰らぬ綿屑だ。そう、それは吹けば飛ぶような、重味もない代物だ。だけれど、そんなものをたつた一つの玩具にしなければならぬほどそんなに青年の魂は冷たい、凍るような、荒涼たる場所に置かれていて――その荒涼たる側面を見忘れてはいけない。そう云われるんでしよう？

（『死霊』第二章）

首猛夫は拍手した。

そのあと、夫とともに目的地についてからそこで会った娘の安寿子に、首猛夫の印象を語り、安寿子が婚約者三輪与志のたかのしれた苦しみにすなおに共感だけしているのをはがゆく思い、説教をする。

――ええと、高志さん（三輪与志の兄）や与志さんのお友達で、頭の鋭いひとと私は今日会つたんですよ。そう、そう、確か貴方も病院で会つた筈でしたわね。風采に似合わぬ頭の鋭いひとですよ。そのひとが云つてたけど、とにかく、自分の軀を動かさなければ駄目なんです。凝つとしていたら凍えてしまうのよ。貴方みたいにめそめそしてたら、駄目なんです！（略）

とにかく、与志さんはつまらぬ玩具を握りしめていて——それを、可愛いい人形だと思つてるんです。だから、その可愛いい人形にこちらがなれば、好いんだけど。ええと、巧い考えが頭のここまで出てきているようだわ。そう、これは私が自分だけで思いついたことだわ。それは——世の中を知らぬ貴方達だけにしかないつてものが、そんな貴重なものが貴方達にあるつてことだわ。そう、そうだわ、貴方はまだそんなに若いのにめそめそしてたら、駄目なんです。綿屑がはみ出たぼろ人形を立派な、可愛いい人形と思わせるのは、そう、貴方にある情熱しかありやしないんですよ、安寿子さん！（同前）

十五章からなるはずの長篇小説の第二章にすでに、哲学言語をくいやぶるほどの壊滅的な批判があらわれている。

8

すきとおる皮膚をもつ、ふとった津田夫人はやがて隅田川べりに、娘の安寿子をつれて姿を見せ、水上をさかのぼるボートの中の三人（三輪与志の友人黒川建吉、首猛夫、そして「神様」と呼ばれる白痴の少女）と合流し、ボートの転覆とともに、綿雲のうかぶ青空の下で、さかさになったボートをめぐって、途方もないオペラがくりひろげられる。

それは、何年にもわたって、青年がそれぞれ暗い個室にとどまってあみあげた哲学言語の繭《まゆ》にほころびをつくり、津田夫人の身体のしぐさをまじえた日常生活語とのあいだにちぐはぐな会話を出現させる。

この美しい野外劇《ペイジェント》は、私が見たことも読んだこともないひとこまで、哲学と日常会話との即興的な対話篇をつくっている。文献にはのこっていない哲人ソクラテスと悪妻をもって知られるクサンティッペの日常の対話もこのようなものであったろうか。

それはまた、「神様」が頭上にしっかりとかかえている白い鷗の動きとあいまって、哲人と主婦だけでなく、動物との交歓をふくめたオペラになってゆく。

陸と水、動物と人間、男と女、活動家と隠遁者が、陽光まばゆい大空のもとに、大声で呼びあい、たがいのパースペクティヴを交換する。何らかの理解は、達せられたのか。

——まあ、まあ、気持がいいこと。水のなかのほうがこんなに素敵だなんてまるで思いませんでしたよ。

と、船底を上にしてひっくりかえったかの船の舳にしっかりととりついた津田夫人は、はずんだ声をあげた。

するとそこに、いつも黙りがちの津田安寿子の問いが入る。

——何かを生涯ぼんやり考えている男のひとは、いつまでたっても、女のひとを愛せないのでしょうか……?

その眼は、彼女の婚約者三輪与志の友人黒川建吉にむけられる。黒川は、白い鷗を頭におく小さい「神様」を肩車して、三重の塔の形をつくつてやはり船腹にとりついていたが、

――半分はあたつています。三輪の位置は、それ以前なのです。つまり、男と女の成立以前です。そのはじめのはじめに、三輪は立ちどまつているのです。外界を自分の中にとりいれて、自己欺瞞へむかつてふみだしたくないので、そのはじめのはじめに立ちどまつたまま考えているのです。

娘が何も言う前に、津田夫人は問いつめる。

――そんな無理をつづけて、与志さんはいつたいこの世で何になりたいというんでしょう。

――これまでの存在のなかにも、これからの存在のなかにもまつたくない三輪自身による「自己自身」への創出がそこにあります。全存在への反撥と拒否を敢えて唯一の自己課題としているのです。

黒川の与志像を受けて、津田安寿子は問いかける。

――自分自身のなかだけで考えに考えたあげく、与志さんが、ついに、踏み出すとき、その瞬間は、誰にも、解らないのでしょうか?

――もし貴方自身もまつたく三輪同様に考えに考えつづけていれば、この世にありとあらゆるすべては、「その瞬間」を貴方に与えてくれるでしょう。

――その「ありとあらゆるすべて」とは、いつたい、なんでしょう。

――夢みる宇宙、です。例えば、中空に架かつた虹といつたものです。光は、つかのまの虹をつくる。しかし光速をこえる暗黒速は、それをつかのま以上のものにかえ、その力を与志が自分のものとするのは、念速によつてであり、それは、たえず安寿子の質問を茶化してじゃまをする、となりで立ちおよぎをつづける活動家首猛夫にとつては冗談にすぎないが、三輪与志にとつては真実であり、安寿子もそれを真実とすることができると黒川建吉はいう。

――念速、これは、ただ一方的に拡がり進んでゆく暗黒速と違つて、一瞬の裡に、相手と貴方のあいだで「無限」の往復運動を交わしつづけます。

この提案は、津田夫人のいかなるときにも手ばなすことのない日常生活の言語にとつてさえ、受けいれることのできるものだつた。彼女は娘に言う。

――さあ、安寿子さん、その貴方の決してたじろがぬ心がけがここでいまいちばん重要なのですよ。そして、貴方が川の真ん中で見事に顚覆するとき、まず水の上につくりあげるのは、ほら、いいですか、そこにあるともいえず、また、そこにないともいえぬあの虹ですよ。(中略)そのつぎに、貴方がその自分のなかに堅くしつかり最後まで取りおとさずもちつづけているものこそは、ほかの誰の目にもとまらず素早く往復運動するあの念速なんですよ、安寿子さん!

(『死霊』第六章より)

傷ついた白い鷗は神様にいだかれていたあいだに回復し、青空にむかってはなたれる。

このあたりの文体は、独房の構想からおおきくはみだしており、この章全体の場景そのものが、敗戦直後の事実上の落筆当時に著者の心中にあったとは思えない。

9

やたらにはしりまわり、弾劾に弾劾をかさねる首猛夫は、ねたきりの三輪高志の部屋に入りこんで、おくれてそこにやってきた弟にむかって、旧知の医学生の発明した「死者の電話箱」について説明する。

それは両側からのばされた長いコードの一方の先端に小さなゾンデをそなえたひとつの方形の箱で、死んだとたんの患者の耳にさしこんで死脳から直接にメッセージをきくのである。

ここで三輪与志は口をはさむ。

——そこにまでたちいたると……その医学生は、例えば、《死者の電話箱》の両端にゾンデを備えて、そこに二人並んで横たわつているかもしれない死者と死者とのあいだにつないでみたことはなかつたのでしようか？

(『死霊』第五章)

それでは「死者の電話箱」ではなくて、「存在の電話箱」になっている。

悪徳政治家である三輪広志の家には、高志、与志の他に、認知されずに家の外でそだった首猛夫、矢場徹吾という私生児がいた。二人には、それぞれ、存在を弾劾するばねがある。首猛夫は、革命運動の末端にいる風がわりの一匹狼として社会をかけめぐり、とらえられて冷たい牢獄にとじこめられた。矢場徹吾もまた、革命文書の印刷をひとりで地下工場をつかいするという孤独のはたらき場所をあたえられて三年間努力をつづけ、とらえられてからは黙狂となって瘋癲病院にとじこめられ、そこから首猛夫に盗みだされて、首の異父妹とその夫の用意する地下室で時をすごし、そこで念力によって首は、黙狂が語る（と首には感じられた）幻想の中で雄弁をふるう。

それは、存在に対する弾劾の連鎖であり、その弾劾の場ではイエスがガリラヤでわけた小さい魚の抗議、菜食主義者シャカの食べたチーナカ豆の抗議があり、そのチーナカ豆でさえも、生れる目前に処分された小さい生命の抗議の前に黙りこむ。そこから、生きものの食物連鎖をこえて、出現を拒否したものたちのつくる虚膜細胞があらわれて、弾劾の連鎖を見わたす視野をひらく。

あつは、理解できるかな、個と他と全体、自己存在と他存在と全存在の融合をすでに遠く実現してしまつたこの俺が！　ぷふい、貪食細胞の忌まわしい出現のずつとずつとずつと前に深い深い深い真っ暗な闇の地底にだけ住んでいた俺は、これまでの全生物のすべてに知られていないので、この俺自身がその俺自身をあえて命名してみれば、ほら、聞いているかな、虚膜細胞とでも呼ぶべきものなのだ。全体として一つの膜に覆われている俺はまぎれもなく俺という単一の自己存在にほかならなかったけれども、しかし、いいかな、あらゆる地中の無機物が、押せば凹み、はいりこめばもとのままの状態で閉じるところのいわば粘着的で透明なウルゴム質である俺の膜をつぎつぎと「透過」してゆき、さらに、その俺の膜ははいりこんだすべてを内包したまま無限大さえへも向つて膨らみに膨らんで膨らみつづけてとまらぬので、つまり、俺はつねにあらゆる他存在でもあつたばかりでなく、ついには自己存在にしてまた全存在となりおおせてしまつたのだ！　「他」がはいりこめばもとのままに膜が閉じ、そして、無限大へ向つて膨らみに膨らんで膨らみつづけた「全」がこんどは出てゆけば、これまた、もとのままに膜が閉じたところの一個の「自」となり戻つてしまうウルゴム質の俺達の種属こそ、徒らに苦悩するお前達以前の先住者にほかならなかつたのだ！　ぷふい、そこまで覗けるかな、自殺者よ、お前達のなかの哲人とやらが嘗て夢想に夢想しつづけた存在と生の背馳せぬ無垢《むく》な黄金時代はすでに遠い俺の時代に確然とあつたことを！

（『死霊』第七章）

漫画の方法でなく、ここまで書くというのは大変なことと思う。小説として、めずらしい達成ではないだろうか。神話の方法、詩の技法、絵画の技法、音楽の技法を思わせる、小説の表現様式をこえる技法である。スピノザの「エチカ」が幾何学の形式をかりて、彼のさぐりあてた神秘的直観を表現したことを思わせる。スピノザには、しかし、彼の後に来る自殺者の系列にふれる、なまなましい言及はなかった。

漫画と書いたのは、私が日本の現代漫画から多くを受けとっているからで、このあたりの表現は、埴谷雄高が、つげ義春、水木しげる、いがらしみきお、宮崎駿、岩明均の同時代人であることを思わせる。埴谷の『死霊』を読み、そのテキストと交流させて漫画雑誌「ガロ」を読む学生たちの多数が一九六〇年以後の日本にはあり、それは大衆社会の栄華の巷を低く見て、それに背をむけてひとりラテン語とはいわず、ドイツ語でスピノザに読みふける大正期の旧制高校の学生とはちがう、昭和・高度成長期の学生だった。この若い読者との交流が作品に影響をもった。

つづいて音楽が哲学言語をひたす描写があらわれる。

さながら巨大な昆虫が、よつてたかつて、一斉に深い静かな森の葉々をつぎつぎと嚙み砕いて、一夜の裡に禿山としてしまうほど絶えず口を動かせてざわめき響かせる《不快交響楽》がそれ以来俺達に向つて聞かせつづけられることになつてしまつたのだ。ふーむ、思い起しても、遺憾の極みは、俺達虚膜細胞の全歴史にとつてまつたくはじめてもめにもめ、紛糾に紛糾を重ね、大きな食いちがいのなかで取り戻しがたい大混乱を惹起しつづけた最高最大の危機であつたウルガイスト全体会議において、果てしもなく増大に増大をつづける《不快交響楽》の絶えざる奏者、この貪婪無慈悲な貪食細胞群の出現をまつたく異つた種属、許すべからざる異種の存在としてついに容認できず、この地底から永遠に立ち去つてしまう多数派と、たとえ貪食細胞にその虚膜を噛みしめられてもその破れた孔口を自然に閉じて貪食細胞をそのまま「透過」せしめてしまうことをいわば不遜にたかをくつて予覚しながらこの暗い地底になおとどまる少数派の両派にわかれたとき、その暗い地底固執の少数派にこそこの俺が加つてしまつたことだ。（同前）

多数派の宇宙大移動がおこなわれる。このあたりにはブラッドベリーらのSFの影響が感じられ、それも一九四五年着手のときのスタイルからはみだしている。

地底にあえてとどまった少数派は、自分たちの代表に「食われ専門の植物プランクトン」をつくりだして、巨大な悪の体系を地上につくりだすことに加担する。その体系創出の途中で、「見つけたぞ」と言っては論争をいどむ相手をなぐりつけて前進する、そのもとは、光にあった。光こそは、対象を赤く黄色く白くそめなし、まばゆくかがやくよそおいをさせるもとの力である。そこに、

「ちがうぞ」

と言って、夢の中の夢として出てくるのは、無出現の思索者で、それは、満たされざる魂から、たえず新しい宇宙の創造をめざしてきた。しかし、その無出現の思索者をも弾劾しつづけるもの

があり、その批判は、無出現の思索者が、あり得るものばかり次から次へと創造することにある。「嘗てまったくなく、また、将来も絶対にあり得ぬもの」の創造に専念すべきであるのだ。

これまでもたらされた全宇宙史は、すべて、誤謬の宇宙史にほかならぬ。（同前）

宇宙が、存在のわくである時空をみずからとりはずすとき、それが太初の自在宇宙のふたたびのはじまりに他ならぬ、という。

この対話は、首猛夫の夢の中でおこなわれる矢場徹吾との対話であり、一個の人格の中に黙狂と饒舌家とをかねる作者の身についた語り口である。夢の中の夢からさめて、首猛夫の三度たたく合図に密室の天井はあけられ、そこに黙狂矢場徹吾をのこしたまま、首はもう一度、世間に出てゆく。

10

かつて矢場徹吾の孤独の仕事場だった在日朝鮮人李奉洋の印刷所を出て、月光の下を黒川建吉と津田安寿子と「神様」とが歩いている。

安寿子は黒川に、三輪を占領している理念について問いつづける。

「いいですか、『自己』をそのままそつくり『自己自身』とはとうてい認めることができぬ種族のなかで最も原質的な人物に惚れてしまつたのです。」

というのが黒川の説明である。

旧制高校の基底言語は、十九世紀ドイツの哲学の言語である。哲学にひかれる人は、誰しも、こどものときに一度はおそわれる、自分だけがこの世界に生きているのではないか、他の人は、自分とおなじようにできているようにみせかけている人形ではないか、というひらめきを、少年以後にも手ばなさずにいる型の人である。そういう独在論は、ただひとつの哲学体系を編みつづけるわけではない。自分ひとりから出発して、ちがう型の独在論があらわれ、ちがうタイプの独在論の交錯の場になるのが、旧制高校である。

それでは、旧制高校から身分上疎外されている、独在論者の母親、独在論者に心をよせる娘はどうなるのか。それはこの『死霊』のひとつの筋と言ってよい。

マンだけが、人間であり、ウーマンというのは、別の種である、というのがヨーロッパ語にかくれている分類学である。生物学から言えば、人間はもともと女性であり、発生後しばらくしてわかれたものが男性であるということになるが、ドイツ観念論は、そういう見方をとらない。

三人は晩夏の月光の下を歩みつづけて、運河のそばの木造建築の近くまで来ると、そこから、昼間は保母としてはたらいている尾木恒子がまっすぐに進んできて、津田安寿子の両手をにぎりしめる。初対面ではあるが、尾木恒子には、(三輪与志の許婚者とうわさにきいていた)安寿子にはなしたいことがあった。

安寿子さん、私達の遠い昔のひとびとがのっぴきならずそこへ踏みこんでしまわねばならなかつた「心中」を御存じ……？　この「心中」は、男と女の二人でおこなわれると普通いいますけれど、そのとき、心の深い真実をこめて実際に「心中」したのは、私達、女だけだつたのです。安寿子さん、お解り……？　男は、すべて、必ず、そのとき、どうしても死なねばならぬ重い犯罪やとうてい逃げおおせきれぬ暗いどんづまりの窮境に追いつめられた果て、まぎれもない「自殺」だけをしたのです。それに対して……どうでしょう、安寿子さん、女は、格別何ら死ぬ理由などこの世のなかの何処にも何一つないのに、ただ愛する男が死ぬというたつた唯一の深い悲しみにのみ耐えかねて、自分自身がもつている唯一最高の真実である自分自身の死を愛する男の死のなかへ、悲しみの果て、いとしみの果て、無理やり投げこんでしまつたのです。

（『死霊』第八章）

かつて尾木恒子は、たずねてくれるなと言われていた屋根裏部屋に、しばらく音信のたえていた姉に会いに行った。そこには二つの死体があった。寒い冬のさなかだったが、死後わずか十日ばかりしかたっていないのに、もう臭いがしていた。ひとりは姉であり、もうひとりは、姉の愛人だった三輪高志（与志の兄）ではなく、「一角犀」というあだなの、組織上の紛糾の中でおいつめられた同志だった。姉のさげていたロケットをあけて、恒子は、その中の写真の高志の眼と自分の眼を見合せていた。そこにおいてある幾冊かの本の中から、高志の書いた「自分だけでおこなう革命」というリーフレットをとりだした。そこにはこう書いてあった。


生に「無反省」「無自覚」なまま、子供を産んだものは、すべて、愚かな自己擁護者であって、巨大な生のなかの自己についての一片の想念だに彼の脳裡を掠めすぎたことはない。自己と自己の家族の愚かな肯定者、自足者である彼は、つねに、ただひたすらひたむきの保存者であって、自他ともに顚覆し、創造する革命者たり得ない。

ただ「自覚的」に子供をもたぬもののみが、「有から有を産む」愚かな慣例を全顚覆し、はじめてまつたく自己遺伝と自然淘汰によつてではなく、「有の嘗て見知らぬ新しい未知の虚在を創造」する。

生の全歴史は、子供をもたなかつたものの創造のみによつて、あやうくも生と死の卑小な歴史を超えた新しい存在史の予覚をこそもたらし得たのである。

従つて、この命題を厳密且至当に辿りゆけば、ひとりの子供だにまつたく存しなくなつた人類死滅に際しておこなわれる革命のみが、本来の純粋革命となる。子供をのこしてきたこれまでのすべての「非革命的」革命なるものを顚覆する純粋革命こそ、これまで絶対にあり得なかつた不思議な知的存在者をついに創造し得た唯一の栄光をもつた最後窮極の革命にほかならない。


（同前）

二つの死体のそばでこの三十ページのリーフレットを読んだ一時間が、尾木恒子の生涯をかえた。それからは、保育所から自分の部屋にもどってから、姉の胸からとりもどしたロケットをかたわらにリーフレットをおいて、この章句を読みかえすことが、彼女のほんとうの夜の課業となった。

そして、そのあげくに彼女はさとった。何の恋愛関係もないままに「一角犀」と「心中」した姉は、実は三輪高志の思想そのものと心中したのだと。彼女の行為には、死以上の死の全存在のかたまりが密封されていたのだと。

この物語から、安寿子はちがう連想をひきだす。

「人類滅亡のとき……その私達のなかに『隠れて』いる無数の何かが、『われならざる虚在のわれ』についについになるんだわ！」

安寿子を見つめている尾木恒子は、昨夜、三輪与志がここにおとずれてきて、そのとき、このベンチの上で、赤ん坊をだきあげたと、つたえる。兄とおなじく人類史拒否の与志がこどもにやさしかったことは、安寿子を、あかるい気分へとみちびく。

11

これは三日間の物語である。

津田安寿子は、十八歳になった。この二日間で彼女と知りあいになったばかりの人びとが、婚約者の三輪与志とともに、誕生日に津田の家にまねかれる。彼女が、誕生日を機会に、三輪与志について知りたいと思ったからである。

瘋癲病院院長岸博士は、院外の狂人である三輪与志に、自分のみていた精神病患者のつくった実験器具を使って、自己内部にはかりしれぬ悲哀を保ちつづけているものも、重力からは自由になれぬことをつげ、与志の狂気をなおそうとはかる。すると、そこにすわっていた黒服の男が、重力にひかれておちるのはむしろ稀な例だと言いだし、虹は深い谷と深い谷のあいだにかかっていて落ちないし、夢みる男は夢をみているあいだも重力にかかわりはないし、夢のなかにあるものこそ、無限存在的「存在」であると言いかえす。

宇宙もまたその暗い頭蓋のなかで打ちあげ花火のような夢を見つづけているのであり、われわれに「宇宙的なもの」が存するのは、ただ夢においてだけで、無限がのぞけるのは、夢の思いもかけぬほのぐらい窓をとおしてだけだ。

「無限存在」を夢みるとは、「存在せぬ存在」をも夢みることで、この「存在せぬ存在」も、夢によつてのみしか眺められませぬ。と申しますより、むしろ、夢は、嘗ての「存在し得なかつた存在」、そしてまた、やがてくる「存在し得ぬ存在」を、唯一無二にただひたすら不可思議永劫に眺めつづけていると申しあげたほうがよろしいかと存じまする。

（『死霊』第九章）

黒服の男は、与志が自分の問題としている自同律の不快（「私は……」と考えはじめて「私である」におちつくまでに、ひらめきのようにその間にうたがいがあらわれて、この自同律の自明の理を完結させない不気味な気配）にも、明快な解釈をあたえる。

私は私として出現するためには、一個の精子として他の数万の精子をしのいで殺してしまったのであり、その私の前に、何億の精子が殺されて「未出現の兄弟」となったのであり、この私だけがえらそうに、「私は私である」のは自明の論理などと断言するのを、夢のうすくらがりの中にひしめきあう無数の未出現の兄弟が声もなくあざけっている。その声のないあざけりを、断言のあいまに、スキマ風としてききわけるのだという。

黒服のとなりにだまってすわっている青服は、存在を拒否する大宇宙に属するものであって、この宇宙における「ある」と「ない」の変型様式は、大宇宙のなかの「存在」と「非在」、「虚無」と「虚在」とに、夢という連結機関によってつながっていると、黒服は青服にかわって述べる。青服が発言そのものをひかえてただここにすわっているのは、この生の領域における「ある」と「ない」を超える虚体であるからだ。

ではなぜ、青服は、暗闇のなかから今日ここに出てこられたのか、と津田安寿子はたずねる。

青服はテーブルにふれるほど前かがみになって、ゆっくりとかたほうのてのひらを、さしだす。

――お嬢さん、のっぺらぼう、を御存じでしょうか……。

そのおおきなてのひらでなでられると、宇宙の花火はかきけされるという。

これに対して、津田安寿子は、さらに問いかえす。

この全宇宙のはじめての創出は、どうなるのでしょうか。その創出もまた、のっぺらぼうのおおきなてのひらで、かきけされるのでしょうか？

――ほう、何が、はじめて全宇宙に創出されるのでしょう……？

――与志さんの、虚体、です！

このようにして、この書物は終る。しかし、原稿の形でのこされている終章はさらに書きつづけられている。


三輪与志と津田安寿子の二人の影は、月光のなかで、影と影こそが実体であるかのような私達の精神を月光のなかに浮き出させながらなおも月光の奥へ踏みいっていった。《死霊》了。

III　ひろがり

12

恋愛小説として読めるこの難解な長篇小説が、旧制高校のなくなった戦後好景気の日本で、どうして政治上の影響力をもったのか。

著者は、着想を得た一九三三年にも、着手の一九四五年にも、津田安寿子の誕生日の宴でこの長篇をしめくくろうと考えてはいなかっただろう。十五章書くつもりでいたのが九章まで、五日間の出来事として構想された物語は、三日間で打ち切られた。誕生日のあとに、さらに首猛夫が活躍し、その爆弾で黒川建吉が殺されるという劇の展開があり、終り近くにジャイナ教をひらいた大雄と仏教をひらいたシャカとの架空の対論を与志が安寿子にマンホールの中でものがたるというところでしめくくり、そこにあり得ない宇宙があらわれるという。しかし、後続六章を欠くとしても、この荒唐無稽の長篇には、政治との明確な接点がある。

そのはじまりは、著者が日本帝国の植民地台湾にうまれそだったことにある。自分にやさしくする父と母が、台湾人の車夫や物売りにむごいあしらいをする。自分の家を安住の地として無条件にうけいれる姿勢は、著者にとって、はじめからなかった。著者は、自分の部屋にとじこもることを好んだ。後に独房に入れられたときにも、それほどいやに感じなかった、という。

ひとり考えることをくせとする少年は、(父がなくなったので)一家の「愁いの王」となって、母、姉、やがては妻にかしずかれ、出獄後は病いを友としてねたきりの生活をおくる。それが、この物語の実生活上の背景である。

台湾から東京に移ってきてから、著者は、スティルナー、イプセンを読み、石川三四郎をたずねて『ディナミック』の購読者となる。その線上をそのまま進むことはなぜなかったのか。埴谷雄高の著作を戦後の初期に読んだとき、このことが、私にとっての難所だった。著者の孤独癖からすれば、同年輩の少年・青年がこぞってボルシェヴィズムになだれこむとしても、彼らからはなれて友ひとりなくとじこもって自分の考えを編みつづける道からどうしてそれたのだろうか。

著者は、二十歳を超えたばかりの青年として、すでに(ボルシェヴィキから敵視される)マフノの農民運動やクロンシュタットの反乱へのソ連の弾圧を知りつつ、ソ連反対派の立場からレーニンの『国家と革命』を読みボルシェヴィキの側に立場をかえた。日本共産党への政府の弾圧はきびしく、指導者たちは根こそぎ投獄され、著者のような若者が幹部となった。著者は、内部からの警察への通報によってとらえられる。この事件ののこした精神の傷跡が、『死霊』という長篇を支えている。スパイのハウスキーパーとして汚辱の中に死んだ熊沢光子の眼から革命党を見たら、どう見えるか。それは死者の妹(この物語では尾木恒子)から津田安寿子へと語りつたえられる。

実際に埴谷夫人はスパイ大泉にハウスキーパーになれと言われたことがあるそうで、そうなると熊沢光子の役を埴谷夫人がになうこととなる。この事件のなまなましい記憶をもって、二十代後半に入った埴谷雄高は、この傷のゆえに、翼賛運動下に移入されたさまざまな新思想にまどわされることなく戦争をたえ、戦後になされるスターリン批判以後の共産党の新しい路線に心をうごかされることもない。

一九三〇年代の、みずからマユをつくってその中にとじこもり、時代の流れに距離を保ちつづける、その姿勢が、ひとつの政治的決断であることを、理解する読者が戦後の青年層からあらわれた。読者の一部が、一九五九年十二月、一九六〇年五月・六月に、自分個人として政府の決断を否定して国会に突入する。自分個人の意志で国会に対する大衆があらわれたとき、埴谷は自分自身でその人びとの中に入っていった。反対の努力がみのらず、指導部が分裂して、おたがいに暴力をふるい、殺人の連鎖がおこったとき、この「内ゲバ」批判にのりだし、このことから身をひくことはなかった。それは現実と無縁に見える『死霊』と現実とのつながりである。

13

『死霊』がはじめて書物の形で真善美社から一九四八年に出されたとき、埴谷雄高は、すでに十五年来自分のなかで熟成したきたこの作品の方法を、みずから簡潔に説きあかしている。

その結果、私がとつたのは次の三つの方法なのであつた。即ち、極端化と曖昧化と神秘化——。
（『死霊』「自序」）

埴谷雄高によると、思考はつねに極端にむかう。自分の主張に保留条件をつけて、主張の意味が極端にむかって飛びたつのを防ぐこともできるが、そういう保留条件をつけるのをいさぎよしとしない、旧制高校風の美学があり、この架空の物語では、現実と交渉をもつ大人がつけるかぎりない保留条件の連鎖を、作者は意識的にたちきっている。保留をつけることを、おじさん風できたならしいと見る。考えを小出しにして、状況ごとに前の判断を修正しながらつぎ足してゆく、ピース・ミール・シンキングを、日常生活に足をとられたみみっちいものだとする。

極端化の方法をつらぬいて、ひとつながりのながい妄想の物語を書くためには、物語の出発点は、現実世界の歴史上のある時、ある場所であってはならない。この約束をやぶってしまえば、このはなしは、昭和八年（一九三三年）冬の三日間に東京でおこったこととして解釈できるが、著者が設定したこの物語の約束によると、開巻冒頭にあらわれるのは、この世界にはあり得ぬ永久運動の時計台である。

物語は、どこでもない、だれでもないものの夢であり、その夢が、この宇宙と言わず、あり得ない宇宙につながっている。それを表現するには、断定に断定をかさねる極端化の方法だけにたよるのではむずかしく、著者にとっては不本意ながら、別の二つの方法、曖昧化と神秘化でつないだ。作中随所に見られる「かのように」の濫用。たとえ、また、たとえ。そして風景の描写をとおしてかもしだされる気配。この二つの方法の多用によって、『死霊』は探偵小説仕立てではあってもポウの「メールストローム」のような（ポウの「ユリイカ」を思わせるところもあるが）論理小説とはちがう風合の作品となった。この作品はむしろ、もっとも早い時期に書かれた武田泰淳の『死霊』論「〝あっは〟と〝ぷふい〟」（一九四八年）の着目したように、室町時代以来の能狂言の幽玄の美につらなる。おなじく室町時代以来の俳諧とも地つづきである。

十九世紀ドイツ観念論からぬきとられた旧制高校生ふう哲学言語は、日本の伝統から切りはなされた舞台をつくりだしているようにも見えるが、物語になれてみると舞台はむしろ枯山水の庭園であり、中国（あるいは台湾）と日本の水墨画の画中にさそいこまれる。ドイツ観念論はともかくとして、ソ連流の社会主義リアリズムをはじきかえす表現方法である。藤村操への親近関係は否定すべくもないが世阿弥に近く、芭蕉に近く、明治以後でいえば幸田露伴（「観画談」）に近い。

14

一九四八年版の序文で、著者は、ドストエフスキー『カラマゾフの兄弟』「大審問官」の章から、文学がひとつの形而上学たり得ることをまなんだという。

そして、その瞬間から彼に睨まれたと云い得る。私は彼の酷しい眼を感ずる。絶えざる彼の監視を私は感ずる。ただその作品を読んだというだけで私は彼への無限の責任を感ぜざるを得ないのである。

（『死霊』「自序」）

ひとつの形而上学として『死霊』は、さしだされた。明治以後の日本の哲学史にとってそれはひとつの大きな仕事だった。

西田哲学との対比を考えることができる。西田幾多郎は、『善の研究』において、ウィリアム・ジェイムズの「根本的経験主義」から「純粋経験」という言葉をとりだし、自分の坐禅の体験の中にこの言葉をひたして、西田独特の概念を得た。善悪についてのさまざまの理屈をとりはらって、自分の底にある存在の鼓動にききいるとき、それが、善悪の理屈をこえる純粋経験であり、それが善である。ここには、生への出発があり、それは、『死霊』にくりひろげられる「自同律の不快」と対立する。

西田自身の生の哲学の展開は、同時代の日本国家の政策の変化と国民の感情の変化の中で、大東亜戦争の理論の基礎づけにまで彼を導く。それが最初の著書『善の研究』のただひとつの論理的帰結であったと、私は思わない。

しかし、植民地をもつ日本国への批判、ソヴィエト連邦に追随する立場への批判をもあわせてつらぬき、内ゲバ批判をもって政治との接点とした埴谷雄高の著作と生涯にくらべて、おなじく無の概念から出発しながら同時代との交渉において西田幾多郎は対照をなしている。

15

『死霊』が西田哲学とちがっているところは、もうひとつ、『死霊』がこの物語を、妄想としてくりひろげ、誰しもが受けいれるべき普遍的な思想としてではなく、一個の参考品としてそれを同時代に提出している慎重さにある。

だが、妄想として自覚された形而上学としてではなく、哲学小説としてこの作品を受けとるとすれば、そこには、不足がある。

そのひとつは、科学を方法としてでなく、結果としてのみとらえて、作中人物の思想の部分に援用したことである。

文学とおなじく、科学もまた何かの価値判断を前提とする物語であり、それが、個人それぞれの物語(妄想をふくむ)とどのように合流するかは、哲学の主題である。

しかし、ひとつの概念がどういう条件で意味をもつか、その概念をふくむひとつの命題はどういう実証を得たときに真とされるかは、科学の方法としてゆるくも、きびしくも、守られており、その側面を見ないで、科学が主として科学技術をとおして達成した結果をよりどころとして論をすすめるのには不都合がある。

『死霊』には、ことに戦後書きすすんでゆくなかで、同時代のミトコンドリア、DNA、クローン羊からうけた刺激がとりこまれ、宇宙衛星、人間の月面到着、ビッグ・バン推定から受けた刺激もとりこまれており、それらは、ソクラテス前派の哲学からの演述、ドイツ観念論風の立場と、なじんでいるとは言いがたい。ギリシア哲学の要約はプラトンまでであり、アリストテレスに対しては無視に近い。それは、ドイツ観念論に哲学言語の原型をとって、イギリス経験論をわくの外におくことに対応する。

クローン人間の可能性については、主人公の立場の根底にある、男女は必要かという議論とからむ重大な主題なので、ここでの作者の筆さばきは、終りをいそがずもう少し慎重であってほしかった。「自同律」へのうたがいを提出したように、科学上の結果の解釈にも、うたがいを保留する仕方に工夫をのぞみたかった。

ここでもうひとつ疑問をさしだすとすれば、埴谷の『死霊』自序のなかに、明晰化への自分の努力不足をみずからせめるくだりがあるが、それは敗戦直後の明晰ごのみの流れ（近代主義）におしまけている。曖昧をイカがスミをふいて逃げる手段と考えなくともよいではないか。はっきり言わずに逃げるためのわざとつくった曖昧とちがって、そこから何かがうまれる予感がするが何がうまれるのか作者にもまだわからないために明晰化をさける曖昧がある。「あっは」と「ぷふい」に託されるメッセージに自分の思いを託しきる姿勢がほしい。

「自同律の不快」は、現在の小学校、中学校、高校、大学の教育課程に、影響をもっていい考えである。

まず、状況を概念に移しかえるところに、うたがわしさがのこる。そのうたがわしい概念Aを言語として、「Aは……」と語りはじめるとき、みずからの語り口の尊大さが気にかかって当然であり、そのAが「Aである」におちつくのが人間の言語の底にうめこまれた一般文法であるとしても、そのように歴史上の舞台で発言するときに、自明の理の主張に伴走してひらめきのように、自己嫌悪と人類以外の思考へのねたましさがあらわれるとしても、その嫌悪とねたみとをおしころさずに保存するほうがいい。こうして、その場で教師の言うことをまるごと受けいれ、試験ごとに出題者である学校の権威をうけいれて○と×とを断片的に記してゆく流儀に、保留をもって対しつづけることができる。

『死霊』の語り口が、リズムとして、教師に、また親たちに、そして生徒に、影響をあたえるようであってほしい。

三輪家の子どもたちが、嫡出子と婚外子の区別なく共有するものは、うまれてこないほうがよかったという気分である。その中で主人公三輪与志は、しかしうまれた以上、あたらしい生をみずからつくることなく、すでにうまれたものを殺すことなく、自分をおわりまで味わってみよう、という考え方にむかう。すくなくとも、そう考える途上にあるようだ。その過程で、生きることにともなう不快を味わうことを、自分が生きる原動力にしたいと思っている。その生きる力の一部として、あり得ないものの気配があり、自分は生きているかぎり有の側にあってことをさばく他ないのだが、自分を支えるものは、決してないもの（無）であることの自覚であり、有は無に支えられ、無にのみこまれて終る。

　主人公の思想をたどると、そういうことになるが、それを自分のものとして小説の外で生きると、現実の世界から自分をとざしてゆくはたらきを助けることになる。それは、この百三十年ほどの日本の同時代の流れに逆行して、刻々の刺激をすべて進歩と発展とみなしてとりいれてゆく論壇、文壇、世論（つくられた世論）と無縁な場所を自分にとって確保することに役だつだろう。マユにとじこもる方法が、目前の出来事に眼をうばわれずに、もっとながく大きく出来事をとらえる方法をひらく。それが一九三〇年代に埴谷の転向がつくった方法であり、二十一世紀をむかえる現在、その効力を失ったとは言えない。

　五日間の劇を書こうとして、三日をえがくにとどまったのは、『死霊』が未完成だったという事実でもあるが、着想から六十年、着手から五十年、思想の熟するままに歩みつづけた足どりそのものが、現代と近未来への『死霊』の呼びかけである。


　私は、埴谷さんとのつきあいはほとんどなかったが、わずかに見たその人の姿を書きとめておく。

　竹内好がなくなり、東京・信濃町の千日谷会堂で、葬儀があった。寒い日だった。はじめに中国文学研究者の長老・増田渉が弔詞を読んだ。しばらく言葉がとだえ、急に倒れた。うしろにいる席で、私はおそらく年少なので助けおこすべきだと感じたが自分の不器用さを考えて、動かなかった。誰も動かないなかでひとり、埴谷雄高が列席者をぬけでて、倒れている増田渉の舌下に、自分用のニトログリセリンをふくませた。列席者をひとりぬけでて、倒れた人のそばによる埴谷さんの姿は、ラグビーの名選手のように機敏でしなやかな動きだった。この人は、実人生においても、死生をこえる覚悟をもっていると思った。

付記。次の本に助けられた。
埴谷雄高・立花隆『無限の相のもとに』(平凡社、一九九七年)
松本健一『埴谷雄高は最後にこう語った』(毎日新聞社、一九九七年)
白川正芳『埴谷雄高論全集成』(武蔵野出版、一九九六年)
白川正芳編『埴谷雄高独白「死霊」の世界』(NHK放送、ディレクター片島紀夫、NHK出版、一九九七年)
白川正芳『始まりにして終り、埴谷雄高との対話』(文藝春秋、一九九七年)
埴谷雄高・小川国夫往復書簡『隠された無限』(岩波書店、一九八八年)

(「群像」一九九八年三月号)

未完の大作『死霊』は宇宙人へのメッセージ

埴谷雄高
鶴見俊輔
河合隼雄

白昼の人は哲学者、夜の人は文学者

埴谷　ぼくは八十歳になりました。よくいままで生きましたね。『世界』の対談中、大岡昇平に言われた。「しゃべり始めたら、おまえ、止まらない」って。たしかに年をとってきたらそうですね。ぼくは若いときは黙っていて一応威厳があったけれども、いまはどんどんおしゃべりになって、威厳喪失で、老人性饒舌症と言われても、どうしようもない。

河合　今度は『死霊』に、饒舌狂の人が出てくるんじゃないですか（笑）。

埴谷　『死霊』の初期時代はぼくがおしゃべりじゃない時代に書いた。おしゃべりの作中人物は、黙っているぼくの反対表現だ。

ところが、今度は自分がおしゃべりになってしまった。作中人物はみなぼくの分身ですけど、作中のどこへでも自分が入ったみたいで、これは弱りましたね。無限の大宇宙の中へ入ったおしゃべりですから、とても止まらない。作品のほうは進まないけれど。

鶴見 もう五十年ぐらい前になりますが、私はバートランド・ラッセルからこういう話を聞いたことがあります。すべてを疑うということは、命題としては矛盾が生じて成り立たない。けれども、「すべて疑わしい」という感情を否定することはできない。感情のなかに「すべてを疑う」というひらめきがあると。

この話を聞いて私は、ラッセルという人は論理学者であるだけではなくて哲学者でもあると思ったんです。神秘と境を接しているという感じがあるんですね。事実、『神秘主義と論理』という著作もあります。

埴谷さんの『死霊』を読んでいると、感情のひだのなかに、命題にできない「疑う」ということがいくつも出てくる。それを論理の感情学というか、論理の形而上学が貫いているということを感じます。

ただ、これは埴谷さんの作風だと思うんですけれども、いつも一歩先その一歩先までもっていく。そして究極まで行ってしまう。私ですと、ジャンルは全く違うけれども、止まってしまうんです。闇に囲まれたいまのここを考える。埴谷さんは、そこから出発して、闇のなかを突っ走って、闇の奥の奥、究極までいきますね。

『死霊』の主人公のひとりひとりがそうですし、主人公の話のなかに出てくるひとりひとりが究極まで突っ走る人間なんです。この究極癖が特徴ですね。

埴谷　そうです。闇のほうが白昼よりも背景になる。闇はどこが果てだかわからないんですよ。白昼では、あのビルディングが町の果てだとか、あの水平線が果てだとかいうことになるけれども、闇は一寸先か無限の先かわからない。台湾の闇もそうでしたし、ぼくの故郷の闇もそうでした。

故郷は福島県相馬の小高なんですが、夜、小さい山を越えて自分の家へ帰るとき、道がどうなっているかわからないんです。下は断崖ですから、落ちないように反対側の崖を手でさわりながら、曲がった道を少しずつおりて行く。そしてある程度まで行くともうだいたいの感じですっと行けちゃうんですが、落っこちるかもしれないと思いながらも、またさわってみる。結局歩いてみれば家へ到達するわけですが、初めはどこに家があるのかわからないんですよ。だから、どちらかといえば、白昼の人は論理派でいわゆる哲学者なんですね。ところが、夜の人は夢の世界と闇の世界で、文学者なんですよ。

鶴見　なるほど。

埴谷　ドストエフスキーも言っています。極端まで自分は行く、と。つまり、果てがないんです。何をやってもこれで終わりということがない。その次その次その次がある。パスカルの言う、根源と究極は見ることも達することもできない、ということをあえて引き受けて究極まで行こうとする無謀なものは文学者なんですね。しかし、文学が実際にそれをやれるかどうかわからない。

ところが、ぼくは宇宙論という闇の領域へ入ってしまったのですね。カントの仮象の論理学では、宇宙論の二律背反で、どうとでも言えるのですね。初めがあるとも言えるし、ないとも言える。ぼくはこれでしめたと思ったですね。

哲学者はそこで止まらなくては誤る。だが文学者はそこから出発する。そのためにこそ一冊の書物がある。そのなかだけでうまく書けば双方のはしまで行ってしまう。「そんなところへ行けないよ」と言ったって、「彼は行った」と言えばしようがない（笑）。

宇宙人が読んで驚くような文学

埴谷　『死霊』では自序で断っている。非現実の場所から出発する、と。「こんなことはあり得ない」と批評家から言われても、ぼくは、これは思考実験だ、と述べている。科学の思考実験でなく、文学の思考実験なので、妄想実験だと言いかえていて、そこでは時間も空間も限定されていない。それに、生きている人間ばかりでなく、死者も作中を自由に出入りする。非現実の世界だから、生と死に境界がなくても不思議ではない。あまりに巨大すぎて、あるいは小さすぎて観測装置に入らぬものを思考実験するように、文学における妄想実験は、あるものとないものについてのすべて、この宇宙の虚であろうと実であろうと、その何をでも包摂しちゃうんですね。

批評家がいちばん困るのは無限論ですね。自分のこれまでの基準で切るしかないけれど、そこへのめりこんでともどもに成長するということはできない。

鶴見さんは自分を不良少年というふうに規定しているから途方もない裏から眺められる。その場合、ほかの人と全く違った新しい意味づけが思いもよらぬかたちでもたらされる。『不合理ゆえに吾信ず』を発見したのは、鶴見さん自身のひっくり返った不合理性ぬきにはあり得ぬことですね。

ところで、真面目な本多秋五は外から見る。『死霊』は異邦人、つまり自分の国と違った国の人の言葉だと言った。たしかにそう立場をはっきりさせれば、『死霊』は遠望できる。『死霊』の骨格をはっきりさせたのは本多秋五ですね。

武田泰淳が「〝あっは〟と〝ぷふい〟」という小論を書いているんですが、内部へ入った最初のものとして、これがいちばんいい。つまり、一種の驚異の無限感として「あっは」と「ぷふい」という言葉が押し出されている。同じ戦後派として武田泰淳をもったことは、『死霊』の仕合わせでしたね。

鶴見　「死霊」が「近代文学」に出たのは一九四五年の十二月でしたね。私は伊藤整さんの批評を最初に読んだんですが、十手をもっている役人が下男部屋に行ったら同人がさいころを振って博打をやっていたので、その現場を捕まえた、というような批評を書いていました。批評家伊藤整の学生が議論をやっているような青年っぽい実作というふうにみたわけですね。旧制高校にはこれが四十五年以上書き継がれて発表されるという予感が全くなかったんですね。

埴谷　いや、旧制高校の学生の議論でいいんですよ。果てがない議論をどんどんやっても、なおまだ果てがない。ぼく自身、無限へのめりこんでそれをどう表現するかに苦心しながら、四十年かかってもなおできないわけです（笑）。

カントの仮象の論理学はぼくにひじょうに影響しました。逆影響したというべきですね。それは、哲学の世界では越権行為だけれども、小説の世界では、未知への飛翔を保証してしまった。不可能性の作家こそがまさに作家であると、ぼくは仮象の論理学を仮象の小説学として無理やりもぎとってしまった。

つまり、いままでなかったものをつくれるものこそが一冊の本であって、これにいちばん似ているのは夢ですね。夢はいま一応科学的に分析されているけれども、フロイト式の、夢に出てくるものは無意識的にいつかどこかで見たものの再現だ、という説にぼくは反対なんです。そうではなくて、実際に未知のものが出てくる。それが夢で、小説はそれをこそ無限の果てまで追って書かなければならない。文字どおり、創造、です。

わが国の小説は自分が経験したことを書いているけれども、ぼくから言えばそれは歴史の隣の小説の始まりにすぎない。それは歴史認識の内面化ですが、それをうまく語るために「そこまでは事実ですけれども、ここだけはフィクションです」と作家は言う。何をくだらないことを言うんだと言いたい（笑）。未知に読者は接するばかりでなく、作者もまた常に未知に向かっていなければならないんです。

われわれの文学というのはだれが読んでくれるのか。いまの人ではないんです。十九世紀のドストエフスキーは二十世紀の私たちに読まれる。これを人類史的に拡大してみると、こうならざるを得ない。

地球が死滅した後、太陽系が死滅した後、宇宙人が来たときに、かつて人間というものがいて、何かやっていたということを知る。ビルディングがあった。人間は何か書いていた。哲学もやっていた。哲学は宇宙とか人間についてもよく論じていて、それを見たら、人間もだいたいわかった。けれども、小説をみたら、わからなくなった。こんなものが宇宙にあるのかしらと驚く。そういうものが書かれてないとだめでしょう。宇宙人が初めて会ったというようなもの。それがぼくの小説論。

河合　あるいは、宇宙人が来て読んだら、おれのことが書いてあったと（笑）。

埴谷　そういうことなんですね。ここに初めておれのことが書かれていると。

河合　夢については私もそう思います。やはり全然経験のないことが出てくる。

現実に戻らないから無限感が出る

埴谷　批評家の遠丸立君が最近ぼくを「埴谷雄高と神秘宇宙――ユングとの邂逅」として論じています。しかしぼくはユングを一行も読んだことがないんですよ。

ぼくは刑務所で過ごしたとき、もうこれからは、自分だけで考える、そう思った。それで、ぼくはぼくの思想は豊多摩刑務所で停まったと言っているんです。実際停まっていて、現在、深夜、寝床の上で考えていることも、かつて独房の中で考えていたことも、全く同じで、いまなお、相手は無限です。

いま、平行宇宙とかいろいろな多元宇宙に触れている天文学者もいるけれども、現宇宙のほかの宇宙を現天文学者が言うことは、タブーですね。けれども、文学は多元宇宙についていくらでも述べていいんです。のっぺらぼう宇宙であろうと、精霊宇宙であろうと、何であろうと論じていい。

河合　そうそう。

埴谷　だから、いま河合さんが言われたようにどこかの宇宙人が「あれ？　わたしのことが書いてある」ということがあるかもしれない。

鶴見　埴谷さんは二十年ぐらい前から言われていますね。『死霊』は完結しないかもしれないけれども、だれかに乗り移って書かなければいけないと。

埴谷　そうですね。

鶴見　埴谷さんが乗り移る相手は、この日本文化のなかから出てきそうですか。

埴谷　いや、高橋和巳に半分乗り移ったんですが、これはぼくの文学が乗り移られたんじゃないんです。自序に耆那（ジャイナ）教のことが出てきます。耆那教では何も殺してはいけないと言いますが、ぼくはそれを極端化して、息も吸ってはいけないことにした。だからどんどん餓死してしまうのですが、それに高橋和巳がほれ込んじゃったんです。彼は滅亡型ですから。餓死がいちばんいいと、勝手にぼくの弟子となりました。

河合　ふむ、ふむ。

埴谷　ぼくの文学というより、自序に書かれている耆那教の大雄の弟子にまずなった。大学院のとき、ぼくを訪ねて来て、いろいろと話しているうちにぼくの弟子にも勝手になってしまいましたけれど。

彼の評論は深く考えられていいんですけれども、小説はうまく書かれていなかった。しかし、志はよくて、ぼくを批評して「埴谷さんのは無限へ行きっ放しだが、私は必ず現実へ帰ってくる」と言った。

河合　ほう。

埴谷　仏教はそうですね。向こうへ行ったら現実へ必ず帰ってくる。それでぼくは言ったんです。「それは当たり前の書きものだ。帰ってこないからこそ文学に無限感が出てくるのだ。これはちゃちな現実になど比類のないものだ（笑）。現実へ帰ってきて、満洲国がどうのこうのなんて、どうして小さくしてしまうんだ」。

彼は『邪宗門』で大本教のことを書いていますけれども「だんだん小さくなる。文学が向かうのは常に無限大でなければだめだ」と、ぼくは精神病患者の先輩らしく言った。それで、彼は発奮しました。「埴谷さんはそう言うけれども、大学闘争のとき、埴谷さんの政治理論じゃ全くだめだった」（笑）。「そりゃ、政治論は現在の理論だから、だめに決まっている。文学論に行かなければだめだ」と言っていたんですが、そのうち、彼は亡くなりました。長生きすれば、それこそ往相還相、ともに備えた大きな作家になったんでしょうけれど。

河合　書いているときはどの辺におられるんですか。

埴谷　ぼくですか？　分裂型ですから、無限大の向こうにいてこっちを見ているつもりで、書いています。

いま書いているのは、貪食細胞になってほかを食ったり、食われたり、生殖細胞になって増えたりするのが嫌なあまり、単細胞で止まっている「者」と、重力で引きつけたり引きつけられたりするのが嫌なあまり、「物」になることを拒否している、何かの二つの「者」と「物」が並んで腰かけている、いわば出現理論——未出現理論といってもいいのですが、そういう場面です。津田安寿子の誕生祝いに、津田老人にだけ見えるこの二つがいる。ほかのものは、おじいちゃん、何を言ってるのよと言うだけで、何と話しているかわからない。五章の「夢魔の世界」のときなかなかできなくて、二十何年もかかってしまったんですが、この「無限者の宇宙」の章もまた、ちょうどそれと似たようなところへいま来ているんです。物になるのを拒否したやつをどう書くか。これに、毎晩、苦労しています。

「不可能性の文学」の自己矛盾

河合　ぼくは七章の「最後の審判」というのが出てきたので興味深かったんですけれども、だいたい東洋的なほうは「審判」ということを考えないでしょう。

埴谷　そうです。

河合　「最後」ということも考えないですね。無限にいっているわけだから。ところが「最後の審判」というのが出てきて、しかもそれは西洋の「最後の審判」とはまた違う。

埴谷　違います。西洋的なものを使っているのは、未出現の思索者は無限大とゼロの両方を携えている者というふうにしているところです。『死霊』には四人兄弟がいまして、そのひとりひとりが自分の内面を告白するのが一つの山場になっているわけです。だから、二つの山場ができたらもうだいたいいいかとも思っていますけれども（笑）、あと二人残っているんです。首猛夫と三輪与志。ところで、いま山場でない山場にさしかかっていましてね。三章の「屋根裏部屋」で黒川建吉が虚体について首猛夫と論じ合う場面があって、そこは山場でない山場ですが、今度の津田安寿子の誕生祝いの章もそうなんです。

そのうちいつかできましたら、鶴見さんが読んで、埴谷さんはなおわからなくなったと言われるかもしれない（笑）。それは気違いとは分類できない種類の気違いで、いままでの病理学では解釈できない気違いであるということになる。

ぼくは「不可能性の文学」ということを言っていますけど、しかし、そんなことをやる自体自己矛盾で、どこかでごまかさなくてはならない。はっきりとわからないようないんちきを使わなくてはいけない。ぼくはそれを崇高ないんちきと言っています。イエス・キリストは処女から生れて死から甦ったという話が通用しているけれども、これだって崇高ないんちきですね。
河合　そうです。
埴谷　だから、やり方によっては文学にだって通用しないわけではない。ぼくは、宗教と文学を迷妄の歴史を支えている人類初めの精神活動期と規定していますが、イエスのようにうまくはいきません。イエスはすごい。数千年の歴史をそれで支配してしまったんだから。建築でも彫刻でもすごいものができちゃった。だから、イエスに対抗しようと思ってね。
河合　イエスは二千年だけど、埴谷さんは無限遠やから（笑）、いんちきでも大分高尚にやらないと。
埴谷　ほんとに高尚にやらなければだめですね。文学はほんとうにやれるはずだと思っているものの、いま言った、物になることを拒否したやつのほうが物より正当であると思わせるためには、よほどの最高いんちきを取り込まねばならない。これは弱ったと思って、毎晩トカイという甘いワインを飲みながら考えているんです（笑）。これはハンガリーの酒なんですよ。
鶴見　『ほらふき男爵』に出てくるものですね。
埴谷　ええ。
鶴見　百年前のすごく立派なトカイがあるらしい。
河合　ほう。
埴谷　ヨハン・シュトラウスの『こうもり』というオペレッタに「おお、一瓶のトカイよ」というのが出てきます。トカイがいかに好まれているか、しかもすぐれた酒であるかということですね。ヨーロッパではだれでも知っているんですよ。トカイがつくられるのはほんとうに特殊な地帯であって、特殊な酒なんです。だから、トカイを飲むだけでも、すごいと思われた。オーストリア・ハンガリー帝国の皇帝はそこを手に入れておいて、だれにもとられないようにしていたわけです。

鶴見 それは『死霊』に出てくる「念力の虹」ではなく、生活的なものでしょうね。

埴谷 念力の虹じゃないんです。トカイというものは実際にあるわけだから。けれど念力の虹とトカイはつながっていないわけじゃない。分裂症と酔っぱらいは、妄想と妄言とで隣りあっていて、トカイという具体的なものから、飛躍して念力の虹に到達する工夫ができなくもない。

西洋と日本を婚姻させた

鶴見 「念力の虹」というのは私はとっても好きな言葉なんですが、一方で埴谷さんは保守的、古典主義的なことを言っておられますね。

埴谷 もちろんそうです。

鶴見 つまり文学から文学が生れる。これは『ドストエフスキー』のなかで言っておられたけれども、そうすると、カントのアンティノミー（二律背反）のところが埴谷さんに訴えかけてきて、書かれざるカントの部分が念力の虹へ出たわけでしょう。

埴谷　そういうことです。
鶴見　日本の文化と『死霊』との間にそういう念力の虹は起るんでしょうか。
埴谷　ぼくがやったからには起るわけでしょう。ぼくは念力の虹ということを書いたけれども、日本の文化のなかには昔からあったことです。「首が飛んでも動いてみせるわ」というのも念力なんですよ。
鶴見　なるほど。
埴谷　そこへ虹という感覚的に最高のものをくっつけて仮象の論理を提出したかのごとく思ってもらう。ぼくは論理と詩の婚姻ということを『不合理ゆえに吾信ず』でやってみた。
日本はひじょうに感覚的な国です。春の夜の風とか、目に見えない秋の風とか、あれもこれも微細な自然の描写をやってますね。芭蕉も秋をこう書いてみたりああ書いてみたり、すごい努力だ。これをヨーロッパの論理と融合させる努力をすることだ。念力の虹はそれですね。
だから、批評家は「埴谷は不合理を逆用し西洋と日本を婚姻させたんだ」と簡単に言ってくればいいんです。にもかかわらず、ぼくの無限といういんちき性の表面だけみて、これは無理しているると思い込む。しかし、西洋も日本も同一の基礎の上に立っている。
ぼくはいかにゲダンケン・エクスペリメント（思考実験）が、単に科学だけじゃなく文学の世界でも必要かということを言っているだけです。『ファウスト』でもドストエフスキーでも思考実験の産物ですね。そして、思考実験の基底でもあり、究極でもあるのが、無限なのですね。

ぼくは驚いたんですが、鶴見さんは『転向』でぼくを論ずるのに『不合理ゆえに吾信ず』を土台にしている。あれは『死霊』の原型なんです。

ぼくの仲間に平野謙がいましてね。ひじょうにすぐれた批評家ですけれども、「おまえの『不合理……』は一行もわからない」と言うんです。ぼくは、弱ったなあ、平野みたいな親友でさえわからないんだから、これはどうしようもないと思っていたけれども、鶴見さんはやっているんですね。「『薔薇、屈辱、自同律』――手裏剣をなげるようにして三つの単語で定着した体験」と書いている。

鶴見さんは子供のもつ純粋性を失わないで来ましたね。大人がみてつまらぬと思うものが子供の玩具箱の中に、思いもかけぬ並び方でつまっている。変なパチンコ玉であれ、三種の神器の勾玉であれ、おもしろいと思ったものはすべておもしろいわけです。そのとおりですね。鶴見さんがそこから新しいものを見つけて取り上げると、たちまち思いもかけぬ価値があったことに、人々は気づかされる。しかも、その取り上げ方も切り口が鋭いので、うむをいわさずその価値が輝いてくる。ほかの人が拾い上げてもなかなか価値は出てこないですよ。

先回、鶴見さんは――一条さゆりはぼくも知っているけれども――一条さゆりの公判の記録を見たり、駒田信二の法廷での陳述を読んだりということまで踏み込んで取り上げたら、たちまち、二人は輝いた。こうしたことはやろうとしてもなかなかやれないことですよ。

鶴見　そうでしょうか。

埴谷　あなたは日本の文学とか哲学を変えてくれました。入り方がいろいろある、正門ばかりでなくて裏門もあるし横門もあるんだということを教えてくれた。でも、なかなか横門から入る人は少ないんです。「思想の科学」もいろいろなことをやっているけれども、ほんとうに横門から入ってくる人は出てこない。あれはもう何年やっていますかね。

鶴見　四十五年。埴谷さんの「近代文学」と同じときから（笑）。

ひとつ、私がわからないことがあるんです。なぜ埴谷さんは六〇年の安保闘争にかかわったのだろうということなんです。

埴谷　取り上げ上手の鶴見さんにそう聞かれるのは、おもしろいですね。ぼくは豊多摩刑務所の中で、生のなかの小さな部分として政治を捨てた。ところが、政治のほうは、ぼくが刑務所から出てきて文学へ行っても手放さない。『死霊』の五章がなかなか書けないでいるとき、ぼくは夢についてのエッセイと並んで、政治論文をいくつも書いていました。想い出してください。昭和三十五年一月に中央公論社から『幻視のなかの政治』が出たとき、その帯の推薦文を書いたのは、俊輔さん、あなたですよ。そして、あなたが政治論文集の推薦文を書いたから始まったわけではないけれども、安保闘争が高まったのはその年ですよ。その推薦者のあなたにいま「なぜ安保闘争にかかわったのか」と聞かれるのは変です（笑）。

無限大からみれば全体も部分も同じ

鶴見　いや、『死霊』をこの数日読んでいるうちにわからなくなってしまったんです（笑）。無限大の宇宙をこれだけ書いているのに、どうして目前の政治に関心をもてるのか。『死霊』はどんどんどんどん拡散していくでしょう。それは目前の政治というリアリズムとどのような関係があるのか、それがわからないんですよ。三十年前はわかったつもりだったんですが。

埴谷　それはいまこうやって話している埴谷を見たらわからないですよ。夢のなかに出てきたぼくを見たらぱっとわかりますよ。

河合　はあ、なるほどね。

埴谷　裏返してみればね。寝そべったまま足を機械仕掛けみたいにやたらに動かして、ぼくは宙を飛んでいますよ。オブローモフがピョートル・ヴェルホーヴェンスキイにもなっているんです。同一物の非同一性です。正面からぼくを見ると、どうしたって『死霊』と政治が離れているという分析をするわけだけれども、宇宙の全体からみれば、離れているはずのものも非同一物の同一性としてくっついているんですよ。

ふつう、水と火は反対の関係にありますね。ところが宇宙では、溶岩は液体なんですよ。水であって火なんです。ふつうは「あ、火だ。水をもってこい。水で消す」と言うけれども、それは宇宙では通用しないんです。溶岩を見ればそうでしょう。白昼ばかりでなく、夜、夢を見る立場に立ってみれば、夜、『死霊』で無限大へ飛び去っている埴谷が、昼、『幻視のなかの政治』を書いてスターリン批判という現実的現実につき合っているのも当たり前とわかるはずです。

宇宙はほんとうに全部を包合している。部分が全体を所有している。あるほうから見れば部分だけれども、別のほうから見れば全体なんです。無限大から見れば、部分も全体も同じなわけですよ。『幻視のなかの政治』の筆者は、政治にかかわらない局外的筆者だというのも、本当だし、安保闘争にかかわった直接者というのも、本当ですね。ぼくは「声なき声」に加わらなかったけれども。

今年（一九九〇年）、ぼくは小林トミさんから手紙をいただいたんですが、小林さんは一種の空虚感を書いてきました。毎年毎年やっているけど、ひとつも効果があると思えないと言うんです、だからぼくは返事を送ったんです。政治というのはすべて効果がない連続である、と。

鶴見　いい言葉ですねえ。

埴谷　それはそうです。維新の元勲なんていうのは、無数の死の上に成り立っている。うまくやったやつが最後にその地位を手に入れたわけで、その前は全部挫折だらけです。レーニンがやる前のナロードニキ時代は挫折、挫折、挫折の連続時代です。「非権力者の小林トミさん。政治というのは挫折するのが当たり前なんです」。そう述べたら「やっと安心しました」と言ってきた（笑）。だから、鶴見さん、ぼくを奇異に思わないでください。

埴谷が分裂症だということはそのとおりなんですよ。あなたがひじょうにいいことを言ったのは、埴谷は刑務所にいるとき気が違ったんじゃなかろうかという洞察です。たしかにそうなんですよ。気が違ったのかもしれない。しかしだれもわからない。本人はなおさらわからない。しかしぼくの無限病は、ふつうの発狂の理論で言うと気が違ってはいないわけですね。

河合 違います。

埴谷 だから発狂イコール非発狂という図式もできるわけです。「埴谷を見よ。あのように無限にのめりこんでは、気違いである」とも「無限のめりこみこそ気違いでない証拠である」とも言えるわけですよ。

そういうふうに言いかえてみれば、一イコール一を白昼にも夜の夢にも同一として適用するからいけないんで、二二が五の理論を用いれば、無限分裂型の文学の現存もよくわかるはずです。いまの現実のなかの政治と『死霊』を統一できる大統一理論ができるはずですよ、そのとき。

なぜ「近代文学」を始めたか

河合 ぼくは今度、初めて『死霊』を読みまして、埴谷さんという人は現実感覚のある方だと感じました。

鶴見 すごい記憶力で、現実を縮尺して覚えるんですね。現実の記憶と、非在だけに興味があるというのとが一緒にある。

埴谷 非現実は現実を使わなければ書けないんですよ。存在を通じてでなければ非在へ行けない。現実を手放さず携えたまま無限へ飛翔しなければならない。それは分離して考えられないものなので、小説でなければ伝えられない創造力の異常飛躍の提出という点で、ひじょうに無理をしている。フラスコのなかの還元物質にせよ、川にかかる念力の虹にせよ、ぼくは全部現実にあるものを使っているんです。

鶴見　なるほど。

埴谷　東京の隅田川、しかもだいたいの時代は昭和十年少し前ぐらいですけれど、そこが隅田川であるとは限定しない。水と上流への満ち潮とボートという抽出した現実を使っている。SFは、初めから空想ですね。ですが、ぼくは現実的で具体的で、そこに起るのはボートの転覆です。そして、そのボートの転覆という現実の向こうに非現実の念力の虹があらわれる。

作者の想像力と読者の想像力が不意に重なって、非現実が現実になってしまうのは、無理を無理でないかのごとく通したそういう場所においてですね。九章に出てくると前に述べた、物になるのを嫌がって停まっている何かにしても、しゃべるのは皆現実的なことです。それらは「あまりに非現実的だけれども、よく考えてみれば現実にあり得るようだ」というようなことばかりです。しかし、現実の人がそういうことをしゃべるのではなくて、何か、物以前、として停まっている何かがしゃべるのだから、やはりふつうの人と違ったしゃべり方をしないといけませんね。

鶴見さんがそこを読んで、いよいよ困った、物になることをやめたまままだ考えているという何かがあるかしらというふうに考えると、これはもううまく処理できませんね。

鶴見　いやいや、大丈夫です。そうは考えませんから（笑）。

埴谷　河合さんには初めてぼくのものを読んでいただいたわけですが、「最後の審判」に東洋的なものと西洋的なものと両方あるということと、いまお話した現実感覚があるということのほかに何か気づかれたことがありますか。

河合　ぼくはお会いして、だいたい予想した人があらわれましたね。

埴谷　ああ、そうですか。

河合　ぴったりの方が出てこられたという感じです。それから、夢などについて書いておられる一方、自分の体験がすごく入っていて、それを違うところへちゃんと置いておく、その体験や現実をつかむことがかっちりできている人という感じがしました。そして、相当な内的体験をされた方じゃないかなというのが読んでいてもわかりました。

埴谷　はあ。非現実的現実人……。

河合　私にもちょっと似たところがあるんです。私も結局非現実を扱っている商売なんです。患者さんが来られて、たとえば「私のおやじはひとでなしで、むちゃくちゃしました」と言われると、下手な人はそのお父さんに会って確かめようとするわけです（笑）。そんなことは全然必要ないわけですね。患者さんはその世界に生きておられるわけだから。

　その非現実の世界を大事にしてやれば、その人は新しいクリエーションをするわけです。何をつくられるかわかりませんが。そして、その人のクリエーションにぼくらは従っていくという職業なんです。『死霊』の書き始めがぴったりというか、ああ、なるほど、そういうことをやられたんだなと思いました。

埴谷　精神科医の岸博士がまず出てきますけど、そして、まことにぼく流に勝手に振る舞う精神科医と分裂症的非現実者の登場ですけれど、それらをそのままそっくり受け取ってもらえるいい方に読んでいただいたわけだ。

「近代文学」という雑誌をぼくたちは始めたんですが、新しい文学をつくる、いままでと違ったものをつくるというのが『不合理ゆえに吾信ず』を書いたときからのぼくの念願です。そしてやっと『死霊』が始まった。ところが、どうしてこんな変なものをつくるんだと言われる。これには弱りました。前に言ったように本多秋五がそうでした。彼はだんだんわかってきて、異邦人がだんだん近づいてきた（笑）。

河合　私はむしろ考えのほうをストレートにとりますから、これだったらむしろ評論などの文章で書けるんじゃないかなと思ってもみたんです。けれども、いまお伺いして文学というかたちがこれにぴったりだというのがよくわかりました。

埴谷　評論ではできないです。論理の積み重ねでなく、想像力が途方もなく飛躍しなければなりませんから。

河合　そうです。

埴谷　非現実の現実化といういわば論理の積み重ねを超えた部分があるんです。

けです。

無限と微細の両方にとりくむ

河合　それともうひとつ、私は目標に段階的に到達するという考え方をほとんどやめているわけです。

例えば病気の人が来られる。すると、ノイローゼが治って健康になるという目標を立てて、それに向かって私が治してあげましょうと言う。患者さんはだんだんよくなっていく。最後に健康になって終りということになる。それはわかりやすいんですが、そうしようとは思ってないわけです。そういう考えは全く捨てています。

埴谷　あなたはやはり患者をもっておられるわけですか。

河合　はい。結局その人がそれを機会に、埴谷さんの言葉を借りれば「非現実の世界」ですね、そういうもののなかから何をクリエートしていくか。それにぼくも加担する。そしてクリエートするほうへ歩み出したら、もうぼくは関係なくなっていくわけです。自分で歩かれるわけですから。だから、そのプロセスそのものを見ているわけです。

そういう点で言うと、『死霊』も別に完結とかいうようなことは考えなくてもいいようにも思ったんです。ずうっと動いているままで終っていくというか……。

埴谷　そういうことですね。創造というのはプロセスなんであって、目標があってここまで行ったらいいというものじゃないんですね。無限のプロセスを辿っていかなくてはならない。

河合　患者さんの場合、ぼくが必要なくなっただけで、プロセスは動いているんです。だから、ぼくが必要ならいつでもいますよと言っているんです。ぼくはある患者さんに言ったことがあるんです。「来たかったら一生来たらええやないの。一生来たかて、五十年も来られへんよ、ぼくの年を考えたら。人間の歴史を考えてごらん。五十年なんてちょっとした時間や」と。

そういう人はかえって、また来なくてもよくなるんですけどね。

鶴見　五十年というのはほんのちょっとした時間なんですね。ところが、いまの日本にとってはものすごい時間に感じられる。この日本は異常だと思うんです。

河合　そうです。

鶴見　埴谷さんの時間は何億光年だから、それといまの日本は全く背中合わせなんです。

埴谷　無限はぼくの本来の課題だからやってますけども、一分の時間もやっています。アリの足の微細な動きは一秒の間にもありますから。

鶴見　そういうときに突然『死霊』のなかでリアリズムがせり上がってくるんです。隅田川でボートがひっくり返るときに、ボートの周りに登場人物が配置されて、そのうちの二人ずつには見えない人がいる。それで視点がパンしていくでしょう。あれは現実をとらえるおもしろいモデルです。

埴谷　いや、あれがぼくたちの現実ですね。それを、現実のモデルとして見ていただいてありがたい。

鶴見　それに関連するんですけれども、自己語が出てきますね。黙狂が出てくる。自己語をもっている人は本来「あっ」「うっ」となって何も言えないはずなんですよ。それがどうしてほかの人間と話が通じるのか。それが私にはわからないんです。つまり、主人公は六人か七人、結構お互いにしゃべっているんです。

赤塚不二夫の漫画にあるんですが、あしたフルブライトでアメリカに行く英語の先生とバカボンのパパとが一緒にさかずきを交わしてスイカを食っている。英語なんてばかばかしいというんで、全部つくっちゃう。スイカは一口食べては種をプッと吐き出すから「タネプップ」にしようとかね。二人だけの共通語です。そうしたら、その次の日に送りに行くと、その英語の先生が船に乗って「ああ、大変だ。本当の英語を全部忘れてしまった。アメリカへ行ったらどうしようか。恥をかくんじゃないか」。

それがふつうだと思うんですが、埴谷さんの自己語はどうしてほかの六、七人に通じるんですか。

埴谷　あの黙狂の場面は、ぼくの書き方が悪くて、黙狂と首猛夫が話し合っているというふうにみんな読んでくれているんですよ。

鶴見　ははあ。

埴谷　全部あれは首猛夫の夢なんです。空気が隙間からすうっと流れて、疲れたままつい眠ってしまって、見た夢のなかで互いに話し合っている。つまりそこに一種の交感があって、交感としての夢のなかで兄弟の矢場徹吾がその本心を語っているわけなんです。

というのは、ぼくはそういう夢をよく見たからです。ぼくの書斎に書棚があって、地震で本が落っこちてきたら大変だなと思って寝ているものだから、ひょっと夢のなかで目をあけると、棚の本がちょっとゆがんでいる。ああ、起きて奥まで入れておかなくてはいけないと思って立ち上がって入れておく。それが夢なんです。夢で実際にあるところを見ている。それと同じことを書いているわけなんです。

河合　ははあ。

埴谷　あそこのしまいには隙間風の空気がすうっと流れて、首猛夫の目が覚めると、黙狂はやはり初めと同じように向こうを向いていて、全部しゃべってないということを書いているんです。

鶴見　それはすごくリアリティーがあります。けれども、そうすると全体がだれかの夢でないと、あの六、七人の人たちの……。

埴谷　いや、あの夢のなかで、つぎつぎに生物や人間が出てきてしゃべりますね。そのすべてが、本来は、矢場徹吾の考察ですね。宇宙論的にみた生物論です。それが夢のなかで兄弟の首猛夫に通じたということにしてある、「最後の審判」は。

鶴見　あの六、七人は全部共通語をしゃべっていますよ。この共通語が一体どこから出てくるのか。

埴谷　あそこに出てくる全部が共通語をしゃべっているのは、「生きとし生けるもの」のどれもが「死んでしまったあと」お互いすべてに共通する「死霊語」をしゃべっているというふうに考えてください。

植民地だった台湾での体験

鶴見 黙狂のところはよくわかったんです。黙狂が黙っていることで、何となくその雰囲気によってヒントをつくっていくでしょう。そこはおもしろいし、最後の法廷のところに出てくるけれども、釈迦に向かって「なぜしゃべったか。本来しゃべらないはずじゃないか」。それは黙狂の倫理と見合っていて、おもしろいと思いましたね。

埴谷 いままで数千年の歴史があって、人類は少しでも上へ上へ、前へ前へ、深く深くと来たわけですね。けれども、まだまだ足らない。足らないことを哲学はわずかずつ進めているけれども、いちばんお先っ走りで、うんと先まで飛んだふうにみせて、やれるのは文学なんです。文学なら少しいんちきでも、論理的整合性が不足でも、「これはここが足らないけど、こうすれば達してしまったよ」と言えばいい。

それで、それを最大限に利用しているつもりなのが『死霊』なんですけれども、最大限に利用しながらも現実における整合性とか論理性というものの上に一応は立ってやらなければいつの時代においても相手を納得させせない。だから難しい。おれは物になるのをやめたからといっても、でたらめでは、物をも人をも納得させせない。ふつうの論理でいってそのとおりだと思わせなければならないから、大変ですね。河合さんが患者に対するのと同じです。
河合 そうです。やはりちゃんと筋が通ってないと。しかし、単なる論理的整合性でいくと全くだめなんです。
埴谷 それが弱ったことですね。
河合 だから、人間的整合性というのがあるんです（笑）。論理的整合性だけを整合性と思うのは大間違いでね。それは近代の病だと思いますよ。たくさんの整合性があるはずです。文学的整合性もあるし、美的整合性もある。
埴谷 そういうことですね。それは全世界のひとりひとりの数ほどうんとあって、ぼくと河合さんとの間の人間的整合性だけでも足りない。鶴見さんとの間の分裂症的整合性もつけ加えなくちゃ。
鶴見 言葉の使い方のルールに疲れてしまう。ウィトゲンシュタインは論理分析の果てまで来て黙る。終りまで来て黙狂になる。
河合 そうそう。
鶴見 それで、今度は黙狂としての言葉の別の使い方から始める。ですから、ある意味でのウィトゲンシュタインの『論理哲学論考』は『死霊』と重なるところがあります。初めの九割九分まで論理演算なんですが、最後は黙狂になってしまう。そして、ウィトゲンシュタイン自身も黙ってどこかへ行ってしまう。

埴谷　ほう。やはり無限大へ向かって行きっぱなし、ですか。

鶴見　二十年ぐらいたってもういっぺん戻ってきて、哲学をやるんですが、全然別のタイプの哲学です。ひじょうに実際的な……。

埴谷　かなり変わった哲学者ですけど、また、文学的でもありますね。

鶴見　言葉の真偽を決めるには世界と比べなければならない。点対点的に比べる。ところが、結局どうしたら比べられるかというと、比べる言語がもうひとつなければいけない。その言語の真理性は世界とどう比べられるか、結局わからないわけです。それで「いままで言ったことはあんまり根拠がないことだ」と自分で最後に言う。よくわからないことについては黙っているほかないと。記号論理学的な論文なんだけど、終りがそういう言葉なんです。だから黙狂の問題です。黙狂の問題は近代思想の行き着くところですね。言葉を音楽のように使えば別の道がある。そういう問題だと思うんです。

埴谷　「自同律の不快」も一種の自己語なんですよ。これは疑似哲学言葉です。自同律を問題にして、それが、不快だときめつけるのは、普通の言語ではできないんです。

自同律を不快の異常論理へひきずりこむ出発点は、偶然ぼくが台湾という植民地に生れたということです。植民地でも日本人の町に生れたらだめです。田舎の工場へ行くと、実際に台湾人を使っていてぶん殴るわけですから、それを、子供のときから見聞きしていないとわからない。台湾人が野菜を売りにきて「奥さん、これ十銭よ」と言うと、日本人のおばさんが「いや八銭、八銭」と言って八銭しか払わないんですよ。日ごろはいいおばさんが植民地の体系のなかに入ってしまうと、自分のしていることの非道さがわからない。

河合　うーむ。

大劇場進出時代のころ

埴谷　人間にはいろいろな面があって、そのおばさんは、工場の仲間からみればひじょうにやさしいおばさんだけども、台湾人からみればひどい人、人道を外れている人なんです。

二年後（一九九二年）のバルセロナ・オリンピックのとき、コロンブスのアメリカ発見五百年祭をやりますけれども、この五百年というのは植民地を新しく見つけたヨーロッパ人の収奪の歴史ですね。アフリカでは奴隷の歴史で、西インド諸島から中米、南米、北米へと広がったのは、現地人の虐殺の歴史だ。マゼランが太平洋へ出てきた時代、幾分は減ったけれども、日本以外の国はみんな植民地になってしまった。広い中国は、奥まで入られなかったけれども、港をいまでもとられている。

そして、植民地にならなかった日本は逆に植民地支配に加わる。いちばん後からだったので、台湾は、初めのアフリカより幾分いいといえるでしょう。しかし、奴隷支配に近いですね。人力車に乗って、「左へ行け」と言って、大人たちは車夫の頭をボーンとける。ぼくは子供ながらそれを見て日本人が嫌になってしまった。

鶴見　日本人は、自分は日本人だという、もう揺るがない信念をもっていますね。そこから出発する。

埴谷　ところで、日本人嫌いになったぼく自身が日本人なんだから、矛盾的自己否定ですね。心中とか自殺とかに少年で思いふけってしまった。この自己勦滅《そうめつ》の芯が幾転変して、外国映画好きから、一冊の書物のなかだけで、日本人どころか現宇宙の全廃棄から未出現存在の創出まで行う、ということになってしまった。これは、妄想型精神病へ向かっての幾転変ですね。

ぼくが「わからない」とか「難解だ」とか言われるのは、『死霊』の印象だけでなく、幾転変のなかに、映画と演劇と探偵小説、政治と文学、といった面がいくつも回って出てくることにも由来するでしょう。ぼくがコマみたいに速く回っていれば、ひとつの正面しか眺められませんけれども、倒れる間際になってゆっくり回るようになると、あ、この面はこうだ、埴谷はこうなのかとわかるはずです。速く回転している間はわからない。(笑)

鶴見　昔「綜合文化」という雑誌に「即席演説」という埴谷さんの短い論文が載っていて、私には初めてアッとわかった。それにはこういうことが書いてありました。イプセンの『ペール・ギュント』のなかにボイグというのっぺらぼうの入道が出てくる。それと主人公のペール・ギュントが格闘するんです。そのときに埴谷さんは「しっかりやれ、ボイグ」と応援したと。

埴谷さんにはそういう衝動が深いところに常にあるらしくて、その後『ザ・グット・アース(大地)』という映画があって、ポール・ムニとルイゼ・ライナーが主演なんだけど、彼らが畑を耕しているとイナゴの大群がウワーッと来る。そうしたら、埴谷さんがひとりでイナゴに大拍手をしたという。

埴谷　いや、イナゴは遠い山の向こうから出てくるんです。何かが黒くあらわれたと思うと、ウワーッと全天をいっぱい真っ黒に覆って大きくなる。それで拍手したんです（笑）。ぼくはあたりの客に怒られた。イナゴがせっかくの収穫物を食って荒らすわけだから。

鶴見　『ペール・ギュント』はほんとに見られたんですか。

埴谷　『ペール・ギュント』をやったのは丸山定夫という築地小劇場では有名な役者で、広島にいて原爆で亡くなった人です。帝劇でぼくは見たのですけれども、この人がひじょうにうまくてね。真っ暗闇です。ペールは何ものかと格闘しているんですよ。何も見えぬ舞台で棹の先へランプをつけて下へやったり上へやったりすると、丸く光った目玉がつぎつぎに消えたり点いたりするんです。「おまえは誰だっ」（押し殺したような声で）「おれはおれだ」。「おまえは誰だっ」（同）「おれはおれだ」。ボイグの目が闇のなかをあっちへ行ったりこっちへ行ったりすごい効果をもった場面でした。これにもぼくは拍手しましたね（笑）。イプセンがスティルナーの唯一者をボイグとして闇に置いたのですが、日本では珍しい演出でした。

築地小劇場には大劇場進出時代があって、『ペール・ギュント』や『真夏の夜の夢』や、シラーの『群盗』などを帝劇でやったんです。築地みたいに狭い舞台ではないから、闇もすごく広くて、丸いランプの光があっちへ行ったりこっちへ行ったりする。丸山定夫は「はっ、はっ、はつ」と息づきながら広い舞台のあちこちで一所懸命格闘している。だから、築地でやるより効果がありましたね。

ぼくは不思議なことに、帝劇でいろんな人を見ている。映画の初めのころを話しますと、スクリーンに映す前にキネトスコープ・パーラーという時代があったんです。覗き箱があって、五セントのニッケル硬貨を入れると、内部で、フィルムが回るわけですよ。わずか一分足らず、回る。それをのぞいて見る。映画の初期、エジソンのキノトスコープ時代ですね。そのキネトスコープで始まった。一八九〇年代にまだ十代の少女、ルース・デニスが、「ダンス」という作品に出ている。

そのルース・セイント・デニス——セイントというのは自分でつけたんでしょうね——がテッド・ショーンという年下の踊り手と結婚して一緒に、帝劇へ来たんですよ。もう四十いくつかになっていた。

そのときぼくは見に行って、孔雀の踊りが印象的でしたが、この舞踊団がアメリカへ帰ると、ルイズ・ブルックスがそこへ入った。そして、ルイズ・ブルックスはルースの踊りについて書いている。『イケバナ』では、ルース嬢のすばらしい日本の着物が踊りの魅力の大半を占めていました」。ところで、大岡昇平はこのルイズ・ブルックスにものすごく惚れ込んで、最高の女優のように書いていています。

鶴見　本をつくっていますね。

黙狂のごとく一冊の本を置く

埴谷　それで、ぼくは「大岡昇平の筆によってルイズ・ブルックスはガルボとディートリッヒと同格にまで二階級特進か、三階級特進かしてしまった。これはすごい。そして、ルイズ・ブルックスは、日本の着物をきた踊りの『イケバナ』をほめているので、日本の男性がルイズ・ブルックスをほめるのもお互いに対応関係がある」と書いたんですが、当時ぼくのような中学生が帝劇へ行って外国から来た舞踊を見るということはほとんどなかったんです。それから小学校へ入る前のぼくは松井須磨子も見ているんです。

鶴見　えっ？

埴谷　それを大岡に話したら、びっくりしていた。たしかにぼくたちの世代で松井須磨子を見ているものは少ないけど「カチューシャかわいや」が日本じゅうではやった時代、台湾まで芸術座は興行に来たんです。

河合　はあ。

埴谷　台北から始まって、ずうっと下がって屏東《へいとう》——ぼくの父の台湾製糖の本社があるところですが——にまで来たんです。しかし、松井須磨子の『復活』より、上山草人《かみやまそうじん》、山川浦路《うらじ》が来てやった芝居の『トスカ』のほうがまだ幼年の魂をいまでも忘れがたく震撼した。暗闇のなかで拷問しているんです。鉄と鉄がうちあう響きと悲鳴が薄暗い舞台から聞こえている。これが人生は

恐怖であるという忘失しがたい教訓をぼくに与えちゃった。(笑)

大岡昇平と二年間も対談したとき、ぼくは大岡に、「ボレロ的老人饒舌症」と名づけられたが、どうも同じことを繰り返してしゃべるんですね。いまここで話した松井須磨子も『トスカ』もすでに大岡にしゃべっていることです。

鶴見　私は「近代文学」の創刊号から読み、「即席演説」を『綜合文化』で読んだとき強烈な印象を受けて、埴谷さんは日本の文化に先例のない人だという感じをもって、そう書いたんですが、きょうのお話を聞くと、ある光の当て方では、芭蕉などが流れ入るところがあるんですね。

埴谷　西行、芭蕉は日本文化から消え去ることはないでしょう。富士の煙は無限にたなびいている。

ただ現在、その無限の納得させ方は難しい。言葉だけではだめなんです。例えば、コップが割れるときの感じで無限というものが出てこなければならない。身近で、そしてそれが、無限だ。そのイメージがものすごく難しい。

河合さんが患者に対されるときもだいたい同じようなことを感じられると思いますけれどもね。

河合　そうなんです。実際患者さんにとっては月給が千円上がるか上がらんかというのは大問題ですから。

埴谷　それが身近ですね。

河合　それをやっているんですけれども、それだけではだめなんです。

埴谷　そういうわけですね。

河合　だから、五十年も一年も一緒という感覚と、千円と二千円は絶対に違うという感覚と、二つもっていないとできません。

埴谷　それはいい言い方ですね。無限と有限が具体的に並んでいる。ところが、二つもってなくては、と言うと、ふつうは「分裂症だ」と言われてしまうんですね。それで、「人間は皆分裂症なんだ。おまえ、先生に会ったときと弟子に会ったときと言い方が違うじゃないか。分裂しているのは当たり前だ」と言ったくらいでは相手は納得しない。女房に会ったときと、ほかの女を口説いているときとは全く違うんだよ、言葉が（笑）、と言うと、幾分は納得するけれど、五十年も一年も一緒、千円と二千円は絶対に違う、という二つの感覚、という言い方は最もいいですね。

鶴見　宇宙の全体を考えれば、人類は必ず滅亡するわけで、当然のことですが、『死霊』は人類の滅亡を目の前にして考えていくという語り口がゆったりしている。ＳＦですと、宇宙はもうすぐ滅亡するぞ、大変だ、大変だというところがありますが、そうではなくて、ゆったりした語り口で、滅亡を当然のこととして提示しています。それがいまの日本に対してひとつのメッセージになっていると思うんです。

いまの日本に対して滅亡の悲哀を置いている。黙狂として悲哀を表現していると思います。まだこんな人がいるのかという、スフィンクスの謎ですね。この本を読んでいくと、さっきのボート転覆の場面などはリアリズムで、喜劇でしょう。幕間劇として喜劇があるんですけれども、全体としてのトーンは憂愁ですね。

埴谷　それは当たっていますね。憂愁だ。なぜ宇宙史は人類に思索を与えたか。思索の基本も思索の果てでも、憂愁だ。こう考えこういうことをやらなくてはいけないというのは変じゃないかと思う。けれども、こうとしかやることがないからやっていて、分裂症になる。これはほんとに困ったことですね。河合さんも感じているでしょうけども。

河合　いやあもう、ほんまにねえ。せやけど、これは前世の因縁だから思うて……。

鶴見　いまの日本にはあまり悲哀はない。どうしたら財テクできるか、円がどのぐらい上がるかということを主に考えている。それに対して『死霊』は別の石を置いている。ほとんど黙狂のごとく一冊の本を置いているというところがおもしろいですね。

埴谷　小さい石ひとつひとつも皆一冊の本を書きたがっている、と思うことにしましょう。万物はみな自身に満たされない。存在も非在も神ものっぺらぼうも、われ誤てりと悟ったときだけそれ自体で、常に自身に満たされない。そして、これはこうとしか考えられない思索は、その思索法を変えたいと思索している。

鶴見　全部それは論理として同じですね。日本人であることを嫌だと思う。人間であることを恥じる。神は神であることを恥じる。宇宙は宇宙であることを恥じる。

埴谷　しようがないですね。神も宇宙も、存在の革命のなかで虚体にとってかわられるのは気の毒だけど、これまで長くいかめしげに出ずっぱりだったのだから、「一冊の書物」のなかだけで、全放逐されることになってもしようがありませんね。

（「潮」一九九〇年十月号、十一月号）

あとがき

二十世紀のおわりの年にあたって、『ドグラ・マグラ』と『死霊』と、二冊の本を見ると、砂時計が二個ならんでいるようだ。

三分おきに正気と狂気がひっくりかえり、二つの状態で時間をすごさないと、今をたえにくい。そういう人が、この二冊の著者たちだ。

二冊の本をそれぞれにはじめて読んだとき、そう気づいたのではない。半世紀以上たってようやく、その共通性が見える。

深夜叢書社の齋藤愼爾さんから、夢野久作・埴谷雄高の二人について私の書いた文章をあつめて出したいと言われて、二人はたしかに似ているがその似ているところは何か、と考えた。

二人は狂っているところがあるけれども、狂っていることをとおして辛くも正気をたもっている。同時代に対するその対し方が、私には忘れがたい。

二〇〇〇年十二月八日

鶴見俊輔

鶴見俊輔（つるみ・しゅんすけ）
1922年東京生まれ、哲学者。15歳で渡米、ハーヴァード大学でプラグマティズムを学ぶ。戦後、渡辺慧、都留重人、丸山眞男、武谷三男、武田清子、鶴見和子と『思想の科学』を創刊。アメリカ哲学の紹介や大衆文化研究などのサークル活動。京都大学、東京工業大学、同志社大学で教鞭。60年安保改定に反対、市民グループ「声なき声の会」をつくる。65年、べ平連に参加。アメリカの脱走兵を支援する運動に加わる。70年、警官隊導入に反対して同志社大学教授を辞任。
著書に『鶴見俊輔集』（全十二巻、筑摩書房）『鶴見俊輔座談』（全十巻、晶文社）『期待と回想　上・下』（晶文社）『戦時期日本の精神史』（岩波書店、大佛次郎賞）『戦後日本の大衆文化史』（岩波書店）『夢野久作』（リブロポート、日本推理作家協会賞）など。95年度朝日賞受賞。

夢野久作と埴谷雄高

二〇〇一年九月一〇日印刷
二〇〇一年九月二〇日発行

著　者　鶴見俊輔
発行者　齋藤愼爾
発行所　深夜叢書社
営業所　〒162-0041 東京都新宿区早稲田鶴巻町五五二　モリビル
電話　〇三―三二〇七―八〇六四
振替　〇〇一九〇―〇―一四五八三一
印　刷　誠和印刷
製　本　富士製本

ISBN4-88032-244-X C0095